1

Starting Life
from Moss in
Another World

苔から始まる異世界ライフ

ももぱぱ
ill.むに

MFブックス

苔
毒草
猛毒草
ネペンテス
ミアズマ

よし、今度はこっちの番だ！シャイニングレイン！
ファントムタイガー
サンダービートル（変異種）

目の前のドラゴンを鑑定して僕は自分の死を覚悟した。
あまりにもステータスが違いすぎる。僕が勝てる要素が一ミリもない。

CONTENTS

第1話 転生

（ああ、今度生まれ変わるとしたらのんびり生活してみたいな……）

とある病院の一室。たくさんのチューブに繋《つな》がれた若い男性は死の直前そんなことを考えていた。

僕の名は『天道《てんどう》ひかる』。五歳のときに火事で両親を亡くして以来、十八歳まで施設で暮らしていた。そこから就職し一人暮らしを始めたのだが、僕の職場は大企業の下請けのさらに下請けの小さな工場だった。朝から晩まで働かされて、給料は雀《すずめ》の涙。家賃と食費でほぼ全ての給料が飛んでいく毎日。のんびりとした性格の僕だったが、のんびりする時間もお金もない生活に疲れ果てていた。

そんな生活を二年ほど続けていたある日、僕は職場で倒れた。原因はもちろん過労だ。意識を失い救急車で運ばれたときにはすでに手遅れで、延命措置もむなしく今まさに死の瞬間を迎えている。死の直前に一瞬意識を取り戻したのは、死を覚悟する時間をくれた神様の慈悲なのか、死の恐怖を味わわせるための死神の陰謀なのか。

（どちらにせよ死にゆく僕には関係ないか）

自分の人生を嘆きつつ、僕はまた静かに意識を失うのだった。

◇　◇　◇

「あれ？　ここはどこだ？　僕はまだ死んでなかったのか？」

病院で意識を失ったはずの僕は、なぜか真っ白な空間で目を覚ました。

着ている服は病院で着せられたであろうガウン型の患者衣だったが、それ以外はベッドどころか壁やドアすら見当たらない。自分が立っているのか浮いているのかもわからない状態に、僕は混乱していた。

「どちらでもありませんよ」

と、そこに女性のであろう綺麗《きれい》な声が聞こえてきた。いや、聞こえてきたというより頭に直接響いてきた感じだ。

「えっ、誰ですか？」

頭に響いてきた声に、声を出して答える僕。まだ僕の頭は絶賛混乱中のようだ。

「ですから、神の慈悲でも死神の陰謀でもありませんよ」

おう、僕がこの世で最後に考えていた疑問の答えですか……って、なぜ僕が考えていたことがわかるんだ？　そもそもここは現実世界なのか？　色んな疑問が頭の中を飛び交うが、何一つとして答えは見つからない。僕の混乱はますます深まっていくばかりだ。

「突然のことで混乱しているようですね。よろしい、私が一から説明してあげましょう！」

混乱中の僕の頭に再び響く女性の声。若干、上から目線なのが気になるが、説明してくれるというのであれば断る理由はない。

「私の名前はアスタルティーナ。あなた方で言う異世界の女神です。私が管理する世界に転生してくれる魂を探していたところ、偶然あなたの魂を見つけたのでこうしてお願いに来ました」

よし、これは夢だな。今はまだ病院のベッドにいて、死ぬ直前に見ている夢ということか。でもおかしいな。死ぬ直前に見るのは走馬灯と相場が決まっているはずだが、どう見てもこれは走馬灯ではないよな。

そんな風に僕が頭の中を整理していたのを無視されたと受け取ったのか、自称女神様の声が少々興奮気味に響いてきた。

「ちょっと、あなた今夢だと思ってるでしょ！　違うんだからね！　ホントにホントに異世界に転生できるんだからね！　こんなチャンス滅多《めった》にないのよ。しっかり感謝しなさい！」

「はあ……ありがとうございます」

急に精神年齢が下がった自称女神様に驚きつつ、夢にしては妙にリアルな会話になっていると思いながら、勢いに負けて思わずお礼を言ってしまった。

「よろしい！　それでは説明を続けるね。オッホン。今回、あなたが転生する世界は『フォルンティア』と呼ばれています。あなたがいた地球とはちょっと違って、剣や魔法が存在するファンタジーな世界です」

僕のお礼に気をよくした自称女神様は、再び厳かな雰囲気で語り出した。それにしてもファンタジーな世界か。その辺りの知識は、施設にいた頃に読んだボロボロのライトノベル数冊分しかない。それなのにこんな夢を見るとは……これが潜在意識というやつか？

「だから夢じゃないって言ってるのに！　まあ、いいわ。説明を続けるね」

おっと、自称女神様はまた僕の思考を読んだようだ。まあ、自分の夢なら思考を読まれるのは当たり前か。

しかし、夢の割には妙にリアルだな。

「転生とは言っても、フォルンティアは地球人が生きていくには少々過酷な環境だから、特別に私が特典を与えてあげるわ。その特典とは〜ずばり、種族選択権とスキルです！　パチパチパチ！」

はて、何だかよくわからない単語が出てきたぞ？　僕の夢なのに僕の知らない言葉が出てくるなんてありえるのか？　それに最後のパチパチパチってまさか声で拍手を表しているのか⁉　なんて痛い人なんだ、自称女神様は。

「つく、私は痛い女神じゃありません！　清く美しい人気のある女神なのですよ！」

何だろう。このやりとり。あまりにリアルなやりとりに、段々これが夢じゃなくて現実だと思えてきた。

「……だから最初っから夢じゃないって言ってるのに。いいわ、気を取り直して続けるわね。次は選べる種族とスキルの説明をするわよ」

今度は女神様のセリフが終わると同時に、目の前に半透明のウインドウが浮かび上がった。

そこには上から〝竜人《ドラゴノイド》〟、〝魔人《デーモン》〟、〝風人《エルフ》〟、〝地人《ドワーフ》〟、〝獣人《ビースト》〟、〝人間《ヒューマン》〟と書かれていた。

「あなたが選べる種族はそこに載っているものになるわ。上に行くほど基本能力が高く、〝竜人〟に至ってはフォルンティアでは最強の種族の一つよ。その代わり、あなたが〝竜人〟を選んだ場合に貰《もら》えるスキルは一つだけね。そして、下に下がる毎《ごと》に貰えるスキルは一つずつ増えていくわ。これは強さのバランスを取るためのルールよ。ちなみにスキルというのは特別な能力のことで、転生した後に一覧を見れるようにしておくから、後でじっくり選ぶといいわ」

なるほど。つまるところ、竜人が一番強くて人間が一番弱いということね。その代わり人間は、竜人だと一つしか貰えないスキルを六つも貰えるというわけか。強さのバランスを取るということは、このスキルとやら次第では人間でも竜人と対等に渡り合えるということだな。

しかしながら、僕は強さにはあまり興味がない。もちろん、実際に転生ができたとしてすぐに死んでしまうのは勘弁だから、生きるための力くらいはないと困るが……ぶっちゃけのんびり生きていけるだけの力でいい。そう考えると竜人なんて絶対に嫌だ。最強の種族の一つということは、自分の意思とは関係なく戦いに巻き込まれる可能性が高そうだからね。

かといって魔人なんかになったら討伐対象になりそうだし、風人や地人なんかも希少な種族っぽいから目立ってしまいそうだ。獣人はちょっと興味はあるけど、ここはやっぱり人間でしょう。おそらく一番数が多いであろう人間に紛れ、生きていくのに便利そうなスキルを六つ貰い、のんびりスローライフ。これしかないでしょう！

段々とこれが夢じゃないと思い始めてきた僕は、期待を込めて女神様にお願いした。

「女神様、決まりました！　僕の種族は一番下のでお願いします！」

僕の言葉を聞いた女神様からなぜか驚いた雰囲気を感じた。

人間を選ぶのがそんなに意外だったのだろうか？

「へー、まさか一番下を選ぶとはね。私はこれまで何十人も転生させてきたけど、一番下を選んだのはあなたが初めてだわ」

ほほう、僕の前にも転生した人がいるのか。いつ頃のことかはわからないけど、向こうの世界で探してみるのもいいかもしれないね。それにしても、何十人もいれば人間を選んだ人がいてもよさそうだけどな。やっぱり竜人とかが人気なのかな。

「それじゃあ、一番下の種族を選ぶわね」

女神様がそう言うと目の前のウインドウの〝竜人〟が点滅し、その点滅が一つずつ下がっていく。〝魔人〟、〝風人〟、〝地人〟、〝獣人〟と点滅していき最後の〝人間〟が点滅した。『いよいよ僕は転生するのか』と思った次の瞬間、目の前でありえないことが起こった。

なんと、ウインドウが下にスクロールしたのだ。

「えっ!?」

僕の驚きの声を余所《よそ》に、新たに現れた種族に点滅が移っていく。

〝人型魔物《ヒューマノイドモンスター》〟、〝魔物《モンスター》〟、〝動物《アニマル》〟、〝昆虫《インセクト》〟、〝植物《プラント》〟そして、最後に点滅していたのは〝苔《モス》〟だった。

「ちょ、ちょ、ちょっと待ってください!?　何でスクロールしてるんですか!?　聞いてないですよ!　一番下は〝人間〟じゃなかったんですか!?」

僕は慌てた。人生で一番と言っていいくらい慌てた。だって、まさかさらにスクロールするとは思わないでしょ？　しかも、一番下って苔《こけ》だよ、苔。苔に転生してどうしろっていうのだ。すぐ食べられるか、枯れて終わりでしょうが。

「えー、私そんなこと一言も言ってないしー。人間がよかったなら『人間』ってはっきり言えばよかったじゃない。『一番下』なんて言い方するから悪いんだよ～」

うっ。確かにそれは正論だが、ここで引き下がるわけにはいかない。ここで負けを認めたら僕は〝苔〟になってしまうのだから。

「お願いします。やり直させてください。今度はちゃんと人間を選びますから！」

しかし、無情にも必死に懇願する僕の身体《からだ》が光り始めている。もしやこれは転生が始まっているのでは⁉

「お願いします女神様！　何でもしますから、人間に変えてください！」

だが、女神様の答えは……

「残念。一度、種族を決めると私でも変えられないのよね。その代わり、〝苔〟は最弱の特典としてスキルが十五個選べるわ。ただ、きちんとしたスキルを選ばないと、すぐに枯れるか食べられるかしちゃうから気をつけてね。あ、それから転生する場所はランダムだからね！」

女神様の非情な答えを聞きながら、僕の身体から発する光はどんどん強くなり、その光が爆発したかと思ったら僕は再度意識を失った。

(うっ、ここはどこだ？)

僕は再び目を覚ました……と思ったけど全く周りは見えていないから、目は覚めていない。どうやら意識が覚醒したと言った方が正しいようだ。意識がはっきりしてくるにつれ、段々と記憶も蘇《よみがえ》ってくる。どうやら僕は、詐欺女神のアスタルティーナに騙《だま》されて本当に異世界に転生してきたようだ。おそらく人間ではなく苔として。

苔には眼《め》なんてないから、周りが見えないのは当然か。ただ、何となく風や水の気配を感じる。考えることができているということは、転生してすぐに食べられたり枯れてしまう環境ではなさそうだが、安全かどうかなんてわからない。

いつまでこの状態が続くかわからないから、急いで生き残るための準備をしなくては。

(ステータスオープン！)

女神様に教えてもらった通りに僕は頭の中で念じる。苔に頭があるとは思えないから、心の中で念じたのかもしれないけど。

すると真っ白な空間で見たような半透明のウインドウが頭の中に表れた。そこには……

種族　苔
名前　なし
ランク　G
レベル　1
体力　5／5
魔力　5／5
攻撃力　0
防御力　1
魔法攻撃力　1
魔法防御力　1
敏捷《びんしょう》　0

スキル
光合成　Lv1

称号　転生者

と書かれていた。

（大して知識のない僕でもわかるよ。このステータスはやばい。何とかしないとすぐに死んじゃう）

とにかくこのままではのんびりするどころか、すぐにでも死んでしまう。この状況を打開するには女神様が言っていた〝スキル〟を獲得するしかない。

僕はウインドウ右上にある転生者特典と書かれた文字を意識する。すると、取得可能であろうスキルが一覧となって表示された。それはもう膨大な数のスキルが……

（こ、こんなたくさんあるとは⁉　これを一つずつ確認していったらとてもじゃないけど時間がかかりすぎる。まずは生きるのに必要そうなスキルを素早く選ばなくては）

僕は表示されている膨大な数のスキルから、有用そうなスキルを探していく。しかし、スキルの名前を意識しても説明が表示されるわけではない。となると、名前からスキルの効果を判断しなければならないのか。もし、予想と違う効果のスキルを手に入れてしまったら……十五枠あるとはいえ無駄なスキルは選べない。かといって、慎重に選んでいる時間もない。どうしたらいいんだ⁉

なんて焦りながら有用そうなスキルを探していると、一つのスキルが眼に入った。その名は〝鑑定〟。

（これだ！　まずこれをゲットして、スキル名を鑑定すれば効果がわかるかもしれない！）

そう考えた僕はすぐに〝鑑定〟を選択した。すると何とも言えない達成感が心を満たし、ステータスのスキルの欄に〝鑑定〟が増えていた。

（よし！　これでスキルの効果がわかるはずだ！）

僕は早速、名前だけではよくわからないスキルを選び鑑定を試みる。

〝思考加速〟＝思考を加速させる。加速できる時間はＬｖ×十秒。

おお、これは偶然いいスキルを見つけた！　思考を加速させるということは、Ｌｖ１でも現実世界の一秒を脳内では十秒にできるということだな。スキルを選ぶのは脳内で行っているから、これがあれば選ぶ時間に余裕ができるはずだ！

僕はすぐに〝思考加速〟をスキルに加える。

（よし、周りの状況がわからないから実感はないけど、思考が加速されている気がする。っていうか今気がついたけど、この世界の時間の単位も秒なんだ。それとも、僕にわかるように翻訳されてるのかな？）

鑑定の結果からも情報を得ながら、思考加速と鑑定を駆使してさらにスキルを選んでいった。そして、体感で数分後……

よし、まず必要そうなスキルはこんなところか。

スキル
光合成　Ｌｖ１
鑑定　Ｌｖ１　Ｎｅｗ！
思考加速　Ｌｖ１　Ｎｅｗ！
生命探知　Ｌｖ１　Ｎｅｗ！
魔力探知　Ｌｖ１　Ｎｅｗ！

敵意察知　Ｌｖ１　Ｎｅｗ！
体力自動回復　Ｌｖ１　Ｎｅｗ！
魔力自動回復　Ｌｖ１　Ｎｅｗ！

よし、思った通り〝生命探知〟と〝魔力探知〟で何となく周りの状況がわかるようになったぞ。

さらに〝敵意察知〟で、周囲に苔にとって天敵である動物や魚もいないことがわかった。Ｌｖ１でどのくらいの範囲を察知できるのかよくわからないけど、少なくともすぐに死ぬような場所に転生しなかった幸運に感謝しなくては。

〝生命探知〟と〝魔力探知〟からわかったのだが、どうやらここは木々に囲まれた小さな池の真ん中のようだ。そこにある大きな石の上に僕は生えているらしいことがわかった。

とりあえず、残りのスキルをゆっくり選ぶ時間はありそうだ。

僕は苔が元々持っていた光合成のスキルを発動させながら、残りの八つのスキルを選ぶことにした。


先ほどよりも時間をかけて選んだスキルは以下の通りだ。


特殊進化＝種族レベルが最大になったとき、上位種、もしくは別の種族に進化できる可能性がある。

光魔法＝光魔法を使えるようになる。

水魔法＝水魔法を使えるようになる。
時空魔法＝時空魔法を使えるようになる。
重力魔法＝重力魔法を使えるようになる。
詠唱破棄＝詠唱しなくても魔法を使える。
アイテムボックス＝亜空間に生き物以外を収納することができる。
言語理解＝あらゆる言語を理解し、話したり書いたりすることができる。

特殊進化は前回の反省を生かし、ウインドウをスクロールすることで最下層で見つけたスキルだ。このスキルがあれば苔から脱出できるかもしれないと思って選んだ。

光魔法と水魔法を選んだのは、苔の成長に欠かせない光と水を自力で生成できるかもしれないと思ったからだ。

時空魔法と重力魔法は何か使えたら強そうだから選んでみた。ただし魔法一覧に表示されていないことから今の段階では使えないようだ。何だか選ぶのに失敗した感が強いが、今は使えなくても、将来使えるようになることを期待している。

詠唱破棄は、魔法を四つ取ったところで気がついたから取った。何に気がついたかって？　苔は詠唱できないってことにだよ！

アイテムボックスはうっすらと記憶にあるライトノベルに、すごく有能だって書いてあった気がしたから取ってみた。将来動けるようになったときも使えそうだし、生き物以外を収納できるということは、万が一石ころなんかが飛んできたときに収納することで身を守れるかもしれないと思ったのだ。

そして最後の言語理解は、もし苔から進化できて動き回れるようになったら、人間の世界にも行けるかもしれないし、そのとき、言葉がわかれば何かと便利だと思ったから取ってみた。同じ転生者を探すのにも役立つはずだ。

そんなこんなで、ようやく十五個のスキルとやらを選択し終えてステータスを確認すると、称号の欄に〝スキルコレクター〟が追加されていた。効果は「スキルを取得しやすくなる」だそうだ。つまり、転生者特典以外でも、自力でスキルを獲得できる可能性があるとわかった。どんなスキルがあるかは、スキルを選ぶときにじっくり見て覚えているので、これから色々なスキルの獲得を目指して、より生存率を上げていくとしよう。

実は僕、転生前はちょっとした収集癖があった。お金はあまり持っていなかったから、集めることができたのは瓶の蓋とか、綺麗な石とかだったけど。この世界に転生してスキル一覧を見たとき、僕はできるだけたくさんのスキルを集めたいと思ってしまったのだ。

未《いま》だに現実感は薄いし、何だか騙された感が強かったけど、もしこれが現実なのだとすれば、転生できたことに感謝している。たとえ苔でも生きる目的ができたから。ここにきて僕がやろうと思ったことは……

・進化して生き残ること
・スキルをたくさん集めること

・他の転生者を探すこと
・最後はスローライフを送ること
当面はこの四つを目標として異世界生活を楽しんでいこうと思う。

まずは光合成をしながら、今後の行動を考えることにした。

◇　◇　◇

さて、この世界での当面の目標も決まったたし、これからはその目標の達成に向けて邁進《まいしん》していくとしよう。

「転生者を探す」と「スローライフを送る」は当面無理そうだから、進化して生き残ることとスキルをたくさん集めることを中心に頑張ってみるか。そのためにはまず、今の自分にできることを確認しなくては。

僕は生命探知と魔力探知、さらに敵意察知を使って周囲の安全を確認する。それから自分のステータスを開き、一つ一つの項目を確認していった。

スキルを取得するときに確認したものはいいとして、まず僕が鑑定で詳しく調べたのは魔法についてだ。僕は光魔法、水魔法、時空魔法、重力魔法を獲得している。これらの魔法系は使えば使うほどレベルが上がっていき、レベルが上がるほど、威力や効果範囲が増し、消費魔力が下がっていく。

さらにレベルが上がる毎に階位が上がる仕組みになっていて、階位が上がると新しい魔法を覚えることができるようだ。今はまだLv1だから第五階位の魔法しか使えないが、レベルが10上がると第四階位の魔法が使えるようになるっぽい。その後はレベルが五つ上がる毎に階位が上がるみたいだ。何だか、この姿になると決まったときはどうなることかと思ったけど、魔法が使えるとなるとテンションが上がってきた！　だって、魔法だよ？　魔法。男だったら、いや男とか女とか関係なく、誰もが憧れる魔法が使えるかもしれないのだ！　いずれは第一階位の魔法を使えるようになりたいな。

と、気合いを入れたところで鑑定を続ける。

どれどれ、光魔法の第五階位は〝ライト〟か。単純に光の球を作り出す魔法のようだ。水魔法の第五階位は〝ウォーターエッジ〟となっている。これは、小さな水のカッターを作り出し攻撃する魔法だ。よしよし、自衛手段を手に入れることができたぞ。

ただ、なぜか時空魔法と重力魔法は第五階位の魔法が存在しなかった。魔法を使わないとレベルが上がらないのに、使える魔法がない。もしかしてこれは死にスキルなのではという考えが頭をよぎる。貴重な二枠を無駄にしたのかもしれないが、まだ結論を出すのは早いだろう。今後使えるようになるかもしれないから、今は放っておくことにする。

ついでに鑑定していなかった称号の〝転生者〟も鑑定してみた。すると、転生者にはスキルレベルが上がりやすくなる効果があることがわかった。これは嬉《うれ》しい誤算だ。ありがとう詐欺師のような女神様！

一通り魔法の効果を確認したところで、実際に使ってみることにした。苔なので声は出せないが、詠唱破棄を持っているから問題なく使えるはずだ。まず初めは光魔法のライトを使ってみる。おら、わくわくしてきたぞ！

僕は頭の中でライトと念じ、光の球を想像する。すると、頭上で一瞬パッと何かが光るのを感じた。

（おお、魔法が使えたっぽいけど、目がなくて実際に見えないのが悲しい……。それに、魔力が5しかないから、光が一瞬しか持続しなかった……）

ステータスを見ると、魔力が0になっていた。さすがに魔力が5しかないと一瞬しか光らないようだ。

でも大丈夫。僕には魔力自動回復があるから。Ｌｖ1だと一分間に1しか回復しないけど、もともと5しかないから五分で満タンだ。

さらにその回復するまでの五分ももったいないから、その間に魔力を使わないスキルを繰り返し使っておこう。

鑑定や思考加速を繰り返し使い、ついでにその辺に落ちている石っぽいものをアイテムボックスに入れたり出したりした。こちらも魔法に負けず劣らず、不思議現象で面白い！

そうこうするうちに五分経《た》ったので、魔力が満タンになる。よし、次はウォーターエッジを使ってみよう。

先ほどと同じように、脳内でウォーターエッジと念じ薄い水の円盤をイメージする。

シュン！

一枚だけ作り出すことができたウォーターエッジは小気味よい音を立てて飛んでいき、水面に浮いていた細い木の枝を真っ二つに切って消滅した。

（うぉー、すごいすごい！　なかなかの切れ味じゃないですか！）

実際に見えたわけじゃないけど、木は生命探知でボヤッと認識できているから間違いないだろう。まだLv1だから魔力の消費なしでは半径十メートルほどしか認識できないけど、今のところはそれで十分間に合っているからよしとしよう。ただこの魔法、生き物に使うときには気をつけないとね。無害なものまで傷つけてしまうから。

その後も、光合成で栄養と酸素を生成しながら、魔法と探知を繰り返し使っていった。そして一日が終わる頃には、特に魔物を倒したわけではないけど、レベルが一つ上がっていた。おそらく、苔は光合成をすることで経験値が貰えるのだろう。使っていたスキルも全て一つずつ上がっている。スキルは上がりづらいイメージがあったのだが、称号の〝転生者〟がいい働きをしてくれているのかもしれない。体力が減っていないので、体力自動回復が上がっていないけど、無理に減らして0になったら困るから致し方がない。これはもう少しレベルが上がって体力が増えてから考えることにしよう。

こんな感じで一日の大半を光合成をしながら、魔法と魔力を使わないスキルを交互に使って過ごしていたら、一週間ほどでレベルは6に、使っていたスキルはレベルが一つずつ上がっていた。

これだけ順調に上がっているのには理由がある。それは、転生してしばらくしてから気がついたのだが、苔には睡眠がいらないということだ。おかげで一日中レベル上げができたので、一週間で五つも上がったのだろう。

レベルが上がったことで、体力も魔力も10に増え、ライトの魔法は五秒ほど光り続けるようになり、ウォーターエッジも二枚飛ばせるようになっていた。

ただ、思ったよりスキルのレベルを上げるのには時間がかかった。特に、レベルが高くなるにつれ上がりづらくなっている気がする。ちなみに時空魔法と重力魔法は、未だにどう上げていいのかわからない。


そんなある日、僕は転生してから初めて宿敵に出会ってしまった。生命探知にかかったその姿は前世で見覚えがあった。苔を食べて生きる生物。折れ曲がった背中に長い髭《ひげ》、水中をちょこまかと動き回るあの姿は間違いない……『エビ』だ!

ここ一週間、植物以外に生命探知に引っかかるものがいなかったから、この池には生物はいないのかと思っていが、偶々《たまたま》近くに来なかっただけのようだ。ここで誕生したのか余所から来たのかはわからないが、動き回るエビの姿をぼんやりと捉えた。僕は物は試しにと、探知した生物を鑑定してみた。

種族　エービ
名前　なし
ランク　F
レベル　7
体力　15／15
魔力　0／0
攻撃力　10
防御力　12
魔法攻撃力　0
魔法防御力　0
敏捷　11

スキル
水中移動　Lv2

ぬお!?　エビじゃなくエービだった……。しかも、ランクがFでレベルが7とか僕より高いし……。

さて、このエビならぬエービは体長三センチメートルくらい。色はわからないが、僕が生えている大きな石に纏《まと》わり付《つ》いて苔を食べているようだ。小癪《こしゃく》にも僕の仲間達を食べているわけか。これは許すわけにはいかない。というのは建前で、実際は僕の魔法の実験台になってもらおう。

エービが石に生えている苔を食べつつ、水面近くまで上がってくるのをじっと待つ。そして待つこと数分、そのチャンスが巡ってきた。

僕が作り出した水の刃《やいば》が、水面近くで苔をつついていたエビに迫る。

(今だ！　ウォーターエッジ！)

シュ！

……躱《かわ》された。普通に躱された。エビごときに躱された。そうか、今まで動かない的ばかり相手にしていたから気がつかなかったけど、僕はそれほど魔法を上手《じょうず》に操れるわけではなかった。それでも負けるわけにはいかない。仲間の敵討ちという理由があるのだから。

そして僕は、魔力が回復したところで二発目のウォーターエッジを放った。

スパン！

斬れた。普通に斬れた。っていうかさっきのは躱したんじゃなくて、たまたま動いたタイミングで魔法を放ってしまっただけだったようだ。そして、僕が作り出した水の刃は見事に一撃でエービの身体を両断した。防御力が少々高かったので心配だったが、魔法防御力が0なので魔法に弱かったのだろう。おかげで難なく倒すことができた。

(哀れエービよ。安らかに眠ってくれ。それにしても、やっぱり初期スキルに魔法を選んでおいてよかった。動けない身だけど、苔を食べに来る小さな生き物くらいだったら自力で倒せそうだ)

外敵が来ても倒せるとわかったことで、今まで張っていた気を少し緩めることができた。さらにエービを倒したことでレベルが上がったようだ。

レベルが上がったことでステータスも少し上がっている。それから水魔法のスキルも一つ上がっているようだ。光魔法が上がっていないところを見ると、魔法で敵を倒すとスキルの上がりが早くなるのかな？　これについては時間をかけて確かめていこうと思う。

◇　◇　◇

僕が宿敵エービを倒してからさらに一週間ほどが経った。

（ふう、今日も一日無事に生き残ることができたな）

あれ以来、光合成ではなかなかレベルが上がらなくなっていたが、幸い宿敵エービはあの一匹だけではなくたくさん生息していたようで、水面近くに来たエービを倒すことで経験値を稼ぐことができた。やはり僕の予想通り、魔法に関しては何もないところで練習するよりも、敵を倒したり実戦で使った方が伸びがよいことがわかった。

そして、今日五匹のエービを倒した僕のレベルは10と表示されている。

（おや、何か項目が増えてるな）

僕はステータスウインドウのレベルの横に『進化可』という項目があるのを発見した。今までこんな項目はなかったから、レベルが10になったことで現れたのだろう。

（こ、こ、これはもしかして!?）

おそらく、苔の最大レベルが10だったのだ。レベルが最大になったことで、僕のスキルの一つである〝特殊進化〟の効果が発揮されたのだろう。

はやる気持ちを抑えて二〜三回深呼吸した気分になった後、〝進化可〟を意識する。

□進化先を選んでください

・雑草
・薬草
・毒草

おお！　予想通り進化できるようになったようだ！　何々、選べる進化先は三つか。雑草に薬草に毒草か……進化しても草なのか……

確かに苔からの進化だからそんなに期待はしてなかったけどね……

草を食べる動物はたくさんいる。下手《へた》したら強い魔物だって食べるかもしれない。これは外敵が少ない池の苔より生き残るのが難しそうだ。かといって進化しないというのもありえない。ここで進化しなかったら一生苔のままだ。それだと目標を達成できない。となると、どれを選べばいいのか慎重に考えなくては……

まずは一つずつ鑑定していくとするか。最初は雑草だな。

雑草……どこにでも生えている草。特別な能力はないが生命力が強く枯れにくい。

ふむふむ。戦うという意味ではあまり期待できないかもしれないが、生き残るという目的だとそう悪くないかもしれないな。

草食動物だって雑草よりはもっとおいしい草や何らかの効果がある草を優先して食べるだろうし、人間だってわざわざ雑草を取りに来ることはないだろう。それに、生命力が強くて枯れにくいのも生き残るための条件としては悪くない。というか、この世界は雑草が種族になるんだな。

それはさておき、次は薬草か。

薬草……回復効果がある成分を含んでいる草。回復薬の原料となる。

なるほど、予想通りの効果だな。自分が手に入れるとしたら雑草よりも薬草を狙うだろう。そして、それはそのまま薬草が生き残る確率が低い理由となりそうだ。ひょっとしたら回復系のスキルを何か覚えるかもしれないが、それにしてもリスクが大きすぎる。進化先としてはこれはなしかな。

最後は毒草だ。

毒草……毒の成分を含んでいる草。毒薬の原料となる。

こちらも想像していたまんまの効果だな。だがしかし、薬草よりは遥《はる》かに生き残る確率が高そうだ。なにせ、毒成分が含まれる草をわざわざ食べる動物はいないだろう。ひょっとしたら中には物好きな魔物なんかがいるかもしれないが、それにしたってそれほど多くはないだろう。

人間に採取される可能性としては雑草よりは高そうだが、そもそもここに転生してから二週間ほど経つが、人間はおろか動物すらまだ生命探知にかかったことがない。つまり、人間がここに来る可能性はゼロではないかもしれないが、限りなく低いのではなかろうか。その間に次の進化まで持っていければ生き残れそうな気がする。

ということで、僕は次の進化先を『毒草』に決めた。

(よし！　次の進化は『毒草』でお願いします！)

僕がそう念じた途端、身体が光に包まれた。不思議と熱くはないが、身体が細胞単位で変化しているのがわかる。サイズも段々と大きくなっているようだ。

光が収まったとき、僕は高さ十センチメートルくらいの紫色の斑点がついた双葉へと変化していた。(自分では見えてないけど)ご丁寧に、生えている場所も石の上から土の上へと変わっていた。確かに石の上に生えていたら、根が張れずにすぐに枯れてしまうだろう。これは女神様のおかげだろうか。ありがたい。

さて、進化も終えたことだし早速ステータスを確認してみよう。

種族：苔《こけ》
名前：なし
ランク：G　　レベル：10　進化可
体力：14/14　魔力：14/14
攻撃力：0　防御力：10
魔法攻撃力：14　魔法防御力：14　敏捷：0

スキル：「特殊進化」「言語理解」「詠唱破棄」「アイテムボックス Lv3」「鑑定 Lv3」

「思考加速 Lv3」「生命探知 Lv4」「魔力探知 Lv3」「敵意察知 Lv4」

「体力自動回復 Lv1」「魔力自動回復 Lv3」「光魔法 Lv3」「水魔法 Lv4」

「時空魔法 Lv1」「重力魔法 Lv1」「光合成 Lv4」

称　号：「転生者」「スキルコレクター」

種族：毒草
名前：なし
ランク：G　　レベル：1
体力：8/8　魔力：12/12
攻撃力：1　防御力：8
魔法攻撃力：15　魔法防御力：15　敏捷：0

スキル：「特殊進化」「言語理解」「詠唱破棄」「アイテムボックス Lv4」「鑑定 Lv4」

「思考加速 Lv4」「生命探知 Lv5」「魔力探知 Lv4」「敵意察知 Lv5」

「体力自動回復 Lv2」「魔力自動回復 Lv4」「光魔法 Lv4」「水魔法 Lv5」

「時空魔法 Lv2」「重力魔法 Lv2」「光合成 Lv5」「毒生成 Lv1」New!

称　号：「転生者」「スキルコレクター」「進化者」New!

第２話　初めての進化

ふむ。体力と防御力はレベルが1になったせいで下がってしまったようだが、魔力関係はむしろ上がっている。これは素直に嬉《うれ》しい。何せ僕の自衛手段は魔法しかないからね。それに魔法を使うのはとっても楽しいのだ！　さらに敏捷《びんしょう》は相変わらず0だけど、攻撃力が1になっている。頑張れば物理攻撃も可能だということだろうか。どういう攻撃ができるのか想像できないけど。

ランクはGのまま変わっていないが、スキルが一つと称号が一つ増えている。早速確認してみると……

毒生成……体内で毒を作り出すことができる。毒の強さはLvによって変化する。

進化者……一度でも進化した者に与えられる称号。進化前のスキルを種族固有のものを除き引き継ぐことができる。

おお！　これはどちらも有用な効果だ！　特に〝進化者〟はありがたい。最初に貰《もら》ったスキルは進化してもなくならないとは思うけど、後から得たスキルは進化したときになくなってしまうと思っていたからね。それが残るとなると、コレクターである僕にとってはとても嬉しい効果だ。

毒生成も生き残る手段に加え、敵を倒す武器になる可能性を秘めている。現状、攻撃手段が魔法しかないから、魔法が効かない相手がいたら苦しいと思っていたけど、毒があるなら何とかなるかもしれない。食べられる以外に毒を相手に送り込む手段を早急に考えねば。

さらに進化したことで、スキルレベルが軒並み一つずつ上がっている。今まで使えなくて上げられなかったスキルまで上がっているのはありがたい！　これで重力魔法や時空魔法を使える可能性が見えてきたぞ！　よかった。僕の選択は間違っていなかったようだ。

さて、ステータスの確認はこれくらいにして、次は新しくゲットしたスキルの確認だ。僕は頭の中で〝毒生成〟と念じる。すると葉の部分からじわっと毒が分泌されているのがわかった。

（毒を作ることはできたけど、これじゃ相手に毒を送り込むには食べられるしかないな。それじゃあ、相手を毒状態にしたとしてもこちらも死んでしまうから意味がない。何とか、食べられずに相手に毒を送り込む手段を考えなくては……）

初めは何とか毒を飛ばすことができないかと考えたが、どうやらそれは無理そうだった。なかなかいいアイディアが浮かばなかった僕だったが、考えながら魔法の練習をしているときにいい方法を思いついてしまった。

それは、〝ウォーターエッジ〟の中に毒を生成するという方法だ。これならば自在に飛ばすことができる上、〝ウォーターエッジ〟でつけた傷から毒を送り込むことができる。まさに一石二鳥の作戦だ。名付けて〝ポイズンエッジ〟作戦だ！

この方法を思いついた僕は、早速練習を開始したのだが、これがどうしてなかなか難しく思ったより時間がかかってしまった。特に水の刃《やいば》を維持しつつその中に毒を生成させるのに苦労した。人間なかなか二つのことを同時にできないものだね。いや、今は毒草だったか。それでも三日ほどかけて何とかポイズンエッジを創り出すことに成功した。

光合成のおかげでレベルが一つ上がってはいたが、その間に動物や魔物が現れなかったのは運がよかったとしかいいようがない。

しかし、元人間の僕は現金なもので、一度魔法が完成してしまうと、今度はその魔法を早く試したくて仕方がないと思うようになってしまった。僕はさらにレベル上げ&スキル上げをしながら獲物が来るのを待ち続けた。

そして今、ついに特訓の成果を試すときが来た。

森の奥からひょっこり顔を出したのは、体長二十センチメートルほどのウサギだった。いや、その姿に騙《だま》されてはいけない。僕はエービのときに学習したのだ。ヤツはウサギではなく、ウサーギに違いない！

種族　ラビート
名前　なし
ランク　F

レベル　12
体力　25／25
魔力　3／3
攻撃力　16
防御力　12
魔法攻撃力　3
魔法防御力　3
敏捷　31

スキル
跳躍　Lv3

くそ！　そっちだったか……

名前に関してはちょっと納得いかないが、さすがは動物というべきか毒草である僕より、レベルもランクもステータスも数段上だ。特に敏捷が31もある。僕が敵だとバレたらあっという間に蹴散らされてしまうだろう。しっかりと死角から攻撃して躱《かわ》されないようにしないといけないな。

ラビートは僕から数メートル離れたところで普通に雑草を食べている。よかった。雑草になくて本当によかった。時折頭を上げて周囲を警戒している様子から、このラビートを捕食するような動物や魔物もいると推察される。

(早くレベルを上げて進化しないと危険かもしれない)

肉食動物が僕を食べるかどうかは別だが、毒を持っているとはいえ僕は所詮は草だから踏んづけられたら終わりなのだ。何とか自力で動けるようになるまで厳しい戦いが続きそうだ。

僕が隙を窺《うかが》っていると、ラビートが何か見つけたようで急に一点をめがけて走り出した。どうやら好物の草を見つけたらしく、夢中になってその草を食べ始めた。

(あれは薬草か。まさかラビートの好物だったとは。よかった。薬草にしなくて本当によかった)

僕は進化先に毒草を選んだ自分を褒めつつ、夢中になって薬草を食べているラビートの後方にポイズンエッジを二つ浮かべた。

(いけ!)

毒を含んだ二つの水の刃が狙い通りに、ラビートの背中と後ろ足に傷をつける。さすがに切断まではいかなかったが、決して浅くない傷をつけることができた。

突然の攻撃にラビートは驚いて逃げようとしたようだが、後ろ足の傷が深くて思うように動けない。

ラビートを再度鑑定してみると、体力が5に減っていて、種族名の横に〝毒〟と出ていた。やはり、傷口から毒を送り込む作戦が功を奏したようだ。

ラビートはその後も必死に逃げようとしていたが、毒の影響か徐々に動きが鈍くなり、ついには事切れて全く動かなくなった。

（よかった。ウォーターエッジだけなら逃げられていたかもしれない。やっぱりこの毒はかなり使えるな）

生き残るという意味でも進化するという意味でも、毒草を選んだのは間違いじゃなかったようだと、改めて自分の選択を褒めてみる。

その後、僕はラビートをアイテムボックスにしまえないか試したところ、問題なく収納することができた。少し距離があったからダメ元で試したんだけど、上手《うま》いことといってよかった。

ラビートの素材については今は使う機会がないけど、進化後に何かの役に立つかもしれないから取っておくのだ。

おっと、それより格上を倒したことでかなりレベルが上がっているはずだ。今のうちに確認しておこう。

おお！　レベルが一気に12になってステータスが大幅に上がっている上に、称号が一つ増えている！

大物食い《ジャイアントキリング》……格上と戦うときにステータス上昇。

これもなかなか有用な効果だな。進化後のレベルが低いときでも生き残る確率が上がりそうだ。

どうやらランクが上でレベル差10以上の相手を倒すと手に入るらしい。僕はそんな相手に攻撃を仕掛けたのか。よくよく考えたら、ちょっと軽率だったかもしれない。毒が上手く効いたからよかったが、もし毒が効かなかったら逆にやられていたかもしれないよね。

そう考えると、攻撃するのはもっと慎重にした方がよさそうだ。新しい攻撃方法が完成して、少々浮かれすぎていたかもしれない。せっかく鑑定を持っているのだから、これからはもっと慎重に行動しようと心に決めた。

勝って兜《かぶと》の緒を締めたところで、僕はまたいつものスキル上げに戻るのだった。


ラビートを倒して大幅にレベルを上げた僕は、そのまますぐにスキル上げを再開した。普通なら休憩の一つでも必要なのだろうけど、自分からは動けない分、休まなくていいこの身体《からだ》はスキル上げには便利だ。

ただ、今回から少しスキル上げの方法を変えようと思う。具体的には、水魔法の練習を少し減らして光魔法の練習を多くするつもりだ。なぜかというと、やはり実戦で使うことが多い水魔法の上がりが早いから、少し光魔法と差がついてしまったからだ。その差を練習の量を変えることで調整しようと思ったのだ。

それに今のところ使える光魔法はライトだけだから、日が出ているうちは水魔法は使わず光魔法の練習にあてることにした。夜にライトを使うと、動物や魔物をおびき寄せてしまうことになりそうというのがその理由だ。

スキル上げの方向性が決まったので、早速練習を再開する。レベルが上がって魔力量が32まで増えたから、ライトの持続時間も格段に延びた。もちろん光量も増えている。それに、意識することで光の強さを変えられることがわかったので、ついでにそっちも練習してみることにした。

僕がイメージするとすぐに、前方に光の球が浮かび上がった感じがした。その光の量をできるだけ抑えてみたり、逆にめいっぱい光らせてみる。さらには点滅させてみたり、光の球を複数出すことなどにも挑戦してみた。点滅まではすぐに上手くいったみたいだが、複数出すのは難しく何度か練習が必要だった。それでも確実に上達していくのがわかるので、魔法の練習はとっても楽しいぞ！

最初は苔に転生するなんてどうなることかと思ったけど、この場所は思ったより外敵が少なく今じゃ楽しみながら生きていくことができている。むしろ、地球で生活していた頃より充実しているくらいだ。今なら、女神様に二度目のチャンスを与えてくれてありがとうと言いたい。あ、いや、それは言いすぎた。


そんな感じで日中は光魔法を中心に、夜間は水魔法を中心にレベル上げに励んだ。ラビートを倒してから一週間ほど経《た》つが、その間に現れた動物はいない。思った以上にここは生き物が寄りつかない場所のようだ。一応、光合成でレベルが二つほど上がっているが、やはり高レベルになるにしたがって上がりづらくなっている。まあ、期せずしてスローライフになっているわけではあるが

……

そんなことを考えていると突然、僕の探知が生き物の接近を捉えた。しかも最悪のタイミングで。

（オーノー！　何で魔力を使い切ったタイミングで現れるんだよ！）

文句を言いつつも、探知にかかった生き物を鑑定する。

種族　イグアーナ
名前　なし
ランク　F
レベル　15
体力　33／33
魔力　10／10
攻撃力　21
防御力　35
魔法攻撃力　10
魔法防御力　10
敏捷　22

スキル
威嚇　Lv1
尾撃《テイルアタック》　Lv3

（むむむ。確かイグアナって草食動物だったよな）

僕の前世の知識通り、イグアーナは目の前の雑草を手当たり次第ムシャムシャ食べながら近づいてくる。葉の種類を選んでいる様子なんかなさそうだ。このままだと毒草だと気づかれずに食べられてしまいそうだ。

(これはまずいかもしれない……)

イグアーナは一直線に僕に向かって進んでくる。僕の魔力自動回復はLｖ4まで上がっているので、一分間に4の魔力が回復する。一分半もあればポイズンエッジ一発分の魔力は回復するが、魔法防御力がラビートよりも高いイグアーナ相手に一発だと心許《こころもと》ない。少なくとも二発は撃てるようにしたいがそんな余裕はなさそうだ。

(これしかない！)

僕は咄嗟《とっさ》の判断で僅かに回復した魔力を使って、光量最大で持続時間0のライトをイグアーナの目の前に作り出した。

目の前に突然現れた光に驚いたイグアーナが後ずさる。さらには、強烈な光のせいで眼《め》が回復するのに時間がかかっているようだ。

(よしよし、狙い通りだ！　そのまましばらくじっとしててくれ！)

時間にして約三十秒、一度0になってしまった魔力がたまるには時間が足りない。

(くそ！　もう眼が回復してしまったか。もう少し時間を稼がないと……)

思ったよりも早くに回復してしまった。後一分は稼がなくてはならない。が、こんなときに限っていいアイディアが思い浮かばない。

（やばい、まじで死ぬかもしれない。頼む。こっちに来ないでくれ！）

もう魔力の回復を待つしかない僕は、祈るような気持ちでイグアーナを見つめた。眼はないけど。

そんな願いが通じたのか、イグアーナは何かを警戒しているかのように、キョロキョロと辺りを見回すだけで動く気配がない。おそらく、突然現れた魔法を使った何者かを探しているのだろう。

ただの葉っぱが魔法を使うなんて思ってないだろうから、魔法を使える何者かがどこかに隠れていると思っているっぽい動きだ。

（ふう、助かった。これで終わりだ）

警戒しているイグアーナのおかげで稼ぐことができた二分と十五秒後、僕はイグアーナの真上にポイズンカッターを二つ作り出し、動きが止まった一瞬を狙って真下に落とした。

ザシュ！

二つのポイズンカッターがそれぞれ、イグアーナの首の付け根と背中を切り裂いた。やはり魔法防御力が高いせいか、両断することはできなかったが、それなりに深い傷を負わせることができたようだ。しっかりと毒状態にもなっているし、のろのろと葉っぱの下に隠れることしかできていない。これがポイズンエッジ一つだったら、まだ暴れる力が残っていただろう。危なかった。

目の前の葉っぱの下に潜り込んだイグアーナは、徐々に動きが鈍っていき、ちょうど僕の目の前に来たときに息絶えた。

（今回は危なかった。今度から、魔力は使い切らずに少し残しておくことにしよう）

この世界に来てからの最大のピンチを乗り越えた僕は、この教訓をしっかりと今後の生活に活《い》かすことにした。

イグアーナをアイテムボックスにしまいつつ、ステータスを確認する。レベルが一つ上がっていた。やはり、格上の相手を倒すと経験値がたくさん貰えるようだ。一週間で二つしか上がらなかったのに、一度の戦闘で一つ上がっている。今回みたいなピンチはあまりあってほしくはないが、もう少し生き物が来てくれてもいいのに。そんなことを考えつつ、僕は再びスキル上げに戻るのであった。

◇　◇　◇

イグアーナを討伐してから二週間が過ぎた。

前回は一週間で二つ上がったレベルが、今回は二週間で一つしか上がらなかった。段々とスキルもレベルも上がりづらくなっていくのがつらい。この二週間、レベル上げできそうな生き物が来る気配すらない。いったいここはどれだけの秘境なのだろうか。それとも、何か生き物が近くに来れない理由でもあるのだろうか。

しかし、この場から移動できない僕には確認しようがない。このままレベルが上がらなくなったら、いったい僕はどうなってしまうのだろうか。毒草の寿命がどのくらいかわからないが、木に成長する様子もないので、それほど長くはないのではなかろうか。早く進化しないと、寿命で死んじゃいそうだ。

そんな不安に駆られながらスキル上げをしていたら、今までとは違う気配の生き物を探知した。

種族　アシッドワーム
名前　なし
ランク　E
レベル　23
体力　56／56
魔力　25／28
攻撃力　43
防御力　41
魔法攻撃力　25
魔法防御力　25
敏捷　38

スキル
強酸　Lv8
粘糸　Lv8

（こいつは今までの動物とは全然違う。ステータスもそうだけど、気配がまるで違う。これが魔物と呼ばれるものか）

名前にはワームとついているが、とてもじゃないが地球のミミズとは似ても似つかない姿形をしている。まずはその身体の大きさ。体長は一メートルほどで、太さも直径三十センチメートルはありそうだ。探知なので細かなところまではわからないが、身体の先端には大きな口がついているようだ。ギザギザしたシルエットからも、肉食で間違いないだろう。ステータスもラビートやイグアーナより遥《はる》かに高く、彼らを捕食していそうな気がする。

さらに気をつけなければならないのは、こいつが持つスキルだろう。強酸なんてものをぶっかけられたら、動けない僕はあっという間に溶かされてしまうはずだ。

本来ならば黙ってやり過ごすのが得策だろう。

しかしだ。こちらもいつ寿命が尽きるかわからない身。光合成ではレベルが上がらなくなってきた今、これはレベル上げの絶好のチャンスでもある。幸い、魔力はほぼ満タン状態なのだ。上手く立ち回って倒すことができれば、一気に進化まで持っていけるかもしれない。

アシッドワームが地面から這《は》い出《で》ている間に、僕はこの初めて見る魔物をなんとか倒すことができないか考え始めた。

（よし、この作戦でいってみるか）

作戦といっても難しいことはない。何せ通用しそうな攻撃手段はポイズンエッジしかないのだから、『如何《いか》に自分の居場所を悟らせないように攻撃するか』しか考えることはない。今回はライトを上手く使って、相手の攻撃を誘導してみようと思う。

まずは獲物を探しているアシッドワームの背後から、ポイズンエッジを叩《たた》き込《こ》んだ。アシッドワームの背中に浅くない傷がつく。ただ、残念ながら毒状態にはならなかったようだ。今まで全て一撃で毒状態になっていたのだが、そこはさすがは魔物といったところだろうか。

突然の背後からの攻撃に、アシッドワームが勢いよく振り向く。

「キィエエエ！」

アシッドワームはこちらの身体が震えるくらいの叫び声を上げながら、口元から何かを吐き出した。おそらくあれがスキルの強酸だろう。アシッドワームの口から吐き出された酸の塊は、あらかじめ僕が作り出しておいた小さな光の球めがけて飛んでいった。それは実体のない光の球をすり抜け、背後にあった雑草にかかる。

その途端、シュウシュウと音を立てて溶け出す雑草達。これがスキル強酸の効果なのだろう。なかなかに凶悪なスキルだ。ダミーの光の球を仕掛けておいてよかったと、ホッと胸をなで下ろす。もちろん胸などないから気分的なものだが。

さらに僕は二つのポイズンエッジを作り出し、辺りを警戒しているアシッドワームに撃ち込んだ。そのうち一つは首元に当たったが、もう一つは先ほどつけた背中の傷をさらに深く抉《えぐ》るように当たってくれた。

「ギャイイイ！」

明らかに苦しそうにのたうち回るアシッドワーム。どうやら傷口に当たった方が、クリティカル

ヒットになったようだ。一撃で体力の半分近く持っていった。なるほど。ステータスの防御力も一律というわけではないということか。弱点もあれば硬いところもある。今回の背中の傷は、もろに弱点になっていたということか。

さらにこの攻撃で、アシッドワームが毒状態になってくれたようだ。後は黙って見ているだけでも倒せるだろうが、魔力にまだ余裕があることだし、もう一発お見舞いしてやろうか。

ザシュ！

僕が最後に放ったポイズンエッジは、狙い澄ましたように背中の傷口に到達し、アシッドワームは真っ二つにちぎれ飛んでいった。

（よし！　魔物相手に生き残ることができたぞ！）

僕は毒草ながら、魔物相手に勝利を収めることができた。ここが植物の群生地だったのも勝因の一つだろう。魔法を使えば、僕の存在に気づかれることなく一方的に攻撃することができるからだ。慎重に立ち回れば、魔物相手でも何とかなることが証明された。

僕は勝利の余韻に浸りつつ、期待を込めてステータスを開くとレベルが20に上がり横に『進化可』という文字が見えた。よしよし、これでまた進化ができるぞ！　周囲の安全を確認し、早速進化先を表示させると……

□進化先を選んでください
・睡眠草

・麻痺《まひ》草
・混乱草
・猛毒草

何だか名前を見るだけで能力がわかるが一応鑑定で調べておこう。


睡眠草……割と珍しい草。睡眠効果のある成分を含んでいる。

麻痺草……割と珍しい草。麻痺効果のある成分を含んでいる。

混乱草……割と珍しい草。混乱効果のある成分を含んでいる。

猛毒草……割と珍しい草。猛毒効果のある成分を含んでいる。


うん、何となくそんな気がしていたよ。

さてと。今回は四つの進化先から選べるようだ。どれも有用な効果に思えるが、やっぱり草が生き残るためには毒がとても役に立つことを身をもって知ることができた。

(このまま毒使いの道を極めてやるぜ！)

ということで、麻痺も捨てがたいがここは猛毒草を選ぶことにした。

(猛毒草でお願いします！)

僕が頭の中で念じると、すぐに身体が光に包まれた……気がした。

（よし、無事に進化できたみたいだ！）

前回と同じように進化によって全てのスキルが一ずつ上がっている。未《いま》だに使えないスキルも上がるだけに、地味に嬉しい効果だ。

それから〝毒生成〟が〝猛毒生成〟に変わっていた。今までよりも強力な毒が作れるようになったようだ。これで生き残る確率がまた上がったはずだ。

そして、進化したことでレベル１に戻った僕は、また飽きもせず光合成でレベル上げを行うのであった。

種族：毒草
名前：なし
ランク：G　　レベル：20　進化可
体力：26/26　魔力：50/50
攻撃力：20　防御力：27
魔法攻撃力：53　魔法防御力：53　敏捷：0

スキル：「特殊進化」「言語理解」「詠唱破棄」「アイテムボックス Lv6」「鑑定 Lv5」

「思考加速 Lv5」「生命探知 Lv6」「魔力探知 Lv5」「敵意察知 Lv5」

「体力自動回復 Lv2」「魔力自動回復 Lv5」「光魔法 Lv6」「水魔法 Lv7」

「時空魔法 Lv2」「重力魔法 Lv2」「光合成 Lv6」「毒生成 Lv4」

称　号：「転生者」「スキルコレクター」「進化者」「大物食い《ジャイアントキリング》」New!

種族：猛毒草
名前：なし
ランク：G　　レベル：1
体力：20/20　魔力：46/46
攻撃力：14　防御力：22
魔法攻撃力：48　魔法防御力：48　敏捷：0

スキル：「特殊進化」「言語理解」「詠唱破棄」「アイテムボックス Lv7」「鑑定 Lv6」

「思考加速 Lv6」「生命探知 Lv7」「魔力探知 Lv6」「敵意察知 Lv6」

「体力自動回復 Lv3」「魔力自動回復 Lv6」「光魔法 Lv7」「水魔法 Lv8」

「時空魔法 Lv3」「重力魔法 Lv3」「光合成 Lv7」「猛毒生成 Lv5」New!

称　号：「転生者」「スキルコレクター」「進化者」「大物食い《ジャイアントキリング》」

第3話　毒パワーアップ！

僕が猛毒草に進化してから五日が経《た》った。相変わらず動物や魔物の出現率は低く、この五日間もただただレベル上げとスキル上げの日々だ。しかし、進化でレベルが1になったおかげでレベルが上がりやすくなっていた。すでに三つ上がって4になっている。まだまだ進化までは先が長そうだけど。

ということで、今日もせっせとスキル上げに励んでいたらヤツらは突然やってきた。光合成を頑張りすぎていたせいで、探知をサボっていたのが災いしたのだ。ちなみに生命探知のレベルが8になっているので、魔力消費なしで半径八十メートルまでは探知できるようになっている。ただし、探知に自動お知らせ機能はないので、今のように別のことに夢中になっていると気がつかないこともあるのだ。

（無意識でも気がつくように訓練しないとね）

と、考えてはみたものの今はそれどころではない。気がついたときには周りを囲まれていた。

もぞもぞと動き、辺りの葉っぱを食い尽くしていくその姿はまさに巨大な芋虫だ。そんな芋虫が、ざっと数えても三十以上。今世最大のピンチかもしれない。

種族　グリーンワーム
名前　なし
ランク　F
レベル　20
体力　45／45
魔力　18／23
攻撃力　38
防御力　47
魔法攻撃力　21
魔法防御力　19
敏捷《びんしょう》　27

スキル
粘糸　Lv6

種族名を見て確認したがやっぱり芋虫のようだ。一番先頭のヤツを鑑定してみたのだが、アシッドワームより少しだけ弱いといったところか。ただ、今回は数が異常に多い。僕の魔法は一対一には向いているが、たくさんで来られると捌《さば》ききれないという弱点がある。

しかし、これだけの数がいると黙って見ていても食べられて終わりだろう。少しでも数を減らして、食べられる確率を減らさなくては。

(ポイズンエッジ!)

まずは鑑定した先頭のグリーンワームにポイズンエッジを放ってみる。この五日間でレベルが三つ上がっていたのが功を奏したのか、何とか一撃で倒すことができた。だが今の魔力では満タンでも十発ほどしか撃つことができない。しかも、今の今まで魔法の練習をしている最中だったので、魔力が半分くらいしか残っていない。この状態で三十四以上の芋虫相手はきつすぎる。

しかし、泣き言を言ったところで芋虫達が止まってくれるわけでもない。僕は覚悟を決め、自分に近づいてくる芋虫を優先的に駆除していくことに決めた。

(くそ! あと何匹いるんだ!)

近づいてくるものから順番に倒していき、すでに僕の周りには七匹の芋虫が転がっている。すぐにアイテムボックスに収納しなかったのは、仲間の死体を見て動きが鈍くなるのを期待したからだ。だけどその期待は見事に裏切られた。知能が低いからなのか、彼らは仲間の死体を乗り越えただひたすらに葉っぱを食べ続けている。

いよいよもって魔力が追いつかなくなってきた。目の前まで来ているグリーンワームをようやく一発分回復した魔力を使って倒したが、そのすぐ後ろに二匹のグリーンワームが控えているのがわかっていた。しかし、魔力がすっからかんの僕にはどうすることもできない。僕は為《な》す術《すべ》なく二匹のグリーンワームにかじられてしまった。

（痛い！　痛い！　痛い！）

なぜ植物に痛覚があるのか？　そんなことを考える余裕もなく、僕は激痛にあえいでいた。二匹のグリーンワームがそれぞれ僕を一口ずつかじっただけなのに、その瞬間、予想だにしなかった激痛が僕の身体《からだ》中を駆け巡ったのだ。

（すいません！　すいません！　今まで意味もなくむしっていた植物のみなさんごめんなさい！）

植物の身体でこんなに痛みを感じるとは、夢にも思っていませんでした。好きな子ができたときに、花びらを一枚ずつむしりながら『好き、嫌い』とかやってすいませんでした。あれって拷問だったのですね。僕だけが痛いのか、植物みんなが痛いのかは確かめようもないが、これからは植物にも優しくしようとこのとき誓ったのだった。

だが、僕をかじった芋虫どもも無事では済まなかったようだ。『ギョォォォォ！』という鳴き声を発しながら、その場でもがき苦しんでいるようだ。おそらく僕を食べたことで、猛毒に侵されたのだろう。ただの毒ではこれほどの即効性はなかったが、さすがは猛毒といったところか。なんて考える余裕が出てきたのは、僕が持っているスキル〝体力自動回復〟のおかげだろうか。

かじられたときに減った体力が時間とともに回復していく。それに合わせて損傷した部分も少しずつ再生している。体力自動回復は他に体力の回復手段がない僕にとって、まさに命綱とも言えるスキルだ。取っておいてよかった。

しかも、ありがたいことに二匹のグリーンワームがもがき苦しんでいるおかげで、他のグリーンワーム達が近寄れないでいる。この隙にさらに近くにいた二匹を倒すことに成功した。

その後もかじられては芋虫が暴れ、その間に回復した魔力でポイズンエッジを撃つ。そしてまたかじられて……という繰り返しを何度か耐えていると、いつの間にか三十四ほどいたグリーンワームは全て息絶えていた。

僕の葉の部分は半分ほどなくなっていたけど、どうにか痛みにも耐え、生き残ることができたようだ。というか、途中から痛みに慣れてきたのか、あまり痛く感じなくなっていた。


一息ついたところで、グリーンワームの死体を回収する。猛毒にやられたものは外傷もほとんどなく、綺麗《きれい》なままだったが、身体に毒が残っていたら素材や食材としての価値はないかもしれない。それでも一応全て回収しておいた。何かの使い道があるかもしれないし、何より放っておいたら別の魔物を引き寄せてしまうかもしれないから。

この辺りのもったいないという感覚は、日本人だった頃の名残なのだろうか。

さて、グリーンワームを回収し終え、一段落ついたところでステータスを確認してみると……

おおぅ、多少弱めとはいえ、さすがに三十四以上も倒せば経験値もそれなりに貰《もら》えるようだ。レベルが4から一気に24まで上がった。魔力関係のステータスはもうすぐ三桁の大台に乗りそうだし、水魔法のスキルはあと一つでLv10だ。それに新しいスキル〝痛覚耐性〟がある。これは、痛みに対して耐性がつくスキルのようだ。よかった。かじられている途中から痛みをあまり感じなくなっていたから、正直、変な世界に目覚めてしまったのかと思ったが、このスキルのおかげだったか。

なかなか上がりづらかった体力自動回復も二つほど上がっている。たくさんかじられたかいがあったというもんだ。これで少しは死にづらくなったのではなかろうか。

周囲の葉が食い散らかされ、まだ少しグリーンワームの体液のにおいが漂うであろう森の中で僕はまたせっせとスキル上げに励むのであった。


僕がグリーンワームの大群を倒してから一週間、今日もまたのんびりとスキル上げに励んでいた。

しかし、前回レベルが上がってから、ますますスキルの伸びが悪くなっている。24にもなると自主訓練だけではなかなか上がらないようだ。それでも、他にやることもないし、黙々とスキルを使うだけなのだが。

そんないつも通りの一日を過ごしていると、太陽が真上に来たお昼時、まさに光合成で微々たる経験値を稼いでいると、遠くから空気が振動するような気配が伝わってきた。

魔力を消費し生命探知の範囲を広げて確認してみると、どうやら魔物が二匹戦っているようだ。

その魔物達を鑑定してみる。

種族　グレートマンティス
名前　なし

ランク　F
レベル　32
体力　108／112
魔力　38／43
攻撃力　88
防御力　51
魔法攻撃力　42
魔法防御力　47
敏捷　66

スキル
斬鉄　Lv12
鎌鼬《かまいたち》　Lv9

種族　ロックスコーピオン
名前　なし
ランク　F
レベル　31

体力　78／92
魔力　32／39
攻撃力　79
防御力　85
魔法攻撃力　37
魔法防御力　63
敏捷　64

スキル
麻痺《まひ》毒　Lv9
毒　Lv8

どうやら昆虫系の魔物二匹が争っているみたいだ。ただ、昆虫といっても僕が知っているカマキリやサソリとは大きさが全く違う。ぼやっとしたシルエットで見ても、両者ともに優に一メートルは超えている。グレートマンティスとやらに至っては、二メートル近くあるのではないか。

そんな巨大な昆虫達が激戦を繰り広げながら、こちらへと向かってきている。あんな激しい戦いに巻き込まれたら、動けない僕なんてひとたまりもないぞ。

生命探知、魔力探知、鑑定をフル活用し戦いの様子を窺《うかが》う。どうやら、攻撃力で勝るグレートマンティスが攻め立てているようだが、ロックスコーピオンの防御力の前に致命傷を与えることができないでいるらしい。逆にロックスコーピオンは、グレートマンティスの攻撃に耐えつつ、毒による一撃必殺を狙っているように見える。

しかし、グレートマンティスもロックスコーピオンの狙いはわかっているようで、反撃の隙を与えないほどの連続攻撃を繰り出していた。反撃の糸口を摑《つか》めないまま、ロックスコーピオンの体力がじわじわと削られていく。このままいけば、グレートマンティスの勝利は間違いないだろう。

だが、困ったことにロックスコーピオンが倒れるより早く、僕は二匹の魔物の戦いに巻き込まれてしまいそうだ。

(仕方がない。一匹残るのを待つよりも、戦いが続いているうちに二匹とも体力を削っておこう)

まずは連続攻撃に夢中になっているグレートマンティスに、ポイズンエッジをお見舞いする。死角から放たれた毒入りの水の刃《やいば》は、見事に左足の付け根辺りに命中した。

突然の攻撃にガクンと足から崩れた隙を逃さず、ロックスコーピオンがグレートマンティスの胸に尾を突き立てた。

すぐにグレートマンティスは痙攣《けいれん》しながら、地面に倒れ込む。おそらく、ロックスコーピオンの麻痺毒が効いたのだろう。すかさずトドメを刺しに近寄るロックスコーピオン。勝利を確信し高々と振り上げた尾に、僕はポイズンエッジをお見舞いした。

ザシュッという音が聞こえそうなくらい、綺麗にロックスコーピオンの尾がちぎれ飛んだ。

もともとグレートマンティスに体力を削られていたロックスコーピオンは、僕の攻撃が致命傷となったようで、しばらく地面をのたうち回った後、動かなくなった。

一方、グレートマンティスも麻痺毒で動けない上に、僕の猛毒で体力ががんがん減っていく。麻痺毒がどのくらい持つかわからないので、さらにポイズンエッジでダメージを与えていると、結局麻痺から回復しないままグレートマンティスも絶命した。

（ふう、何とか巻き込まれる前に倒し切ることができたな）

二匹の死骸をアイテムボックスにしまい一息つく。

（漁夫の利みたいな感じだったけど、格上相手だからそれなりに経験値が貰えたかも？）

おお、レベルが30になって進化できるようになってる！　さらに水魔法がLｖ10になったことで、第四階位の魔法が使えるようになったみたいだ。さらにさらに称号も一つ増えてるな。

進化の前に水魔法と称号を確認しておこう。

水魔法第四階位　〝ウォーターバレット〟……水の弾丸を撃ち出す。

ほほう、水の弾丸とな。ってか、弾丸なんてこの世界にあるのか？　これは後で要検証だな。他に〝ウォーターウォール〟という魔法も使えるようだ。これは、水の壁を作り出す防御寄りの魔法だね。続いて、称号は……

暗殺者……不意打ち時に攻撃力と命中率の上昇補正。

なるほど。確かによく不意打ちしていたから、これは納得の称号だね。名前は少々物騒だけど。ただ、こういった単純に攻撃力と命中率が上がる補正は嬉《うれ》しい。ますます、生き残る確率が高くなるだろうから。

(よし、次は進化先の確認だな!)

僕は続けて進化先の確認をすることにした。

□進化先を選んでください

・ハエトリソウ

・サラセニア

・ネペンテス

(ほほう。何だろう。名前だけではよくわからないな? これは植物なのか? どれも聞いたことのない名前だな)

僕の少ない知識ではこれらの進化先がどんなものなのかイメージができない。仕方がないので、鑑定で一つずつ確かめていこう。

ハエトリソウ……葉先にトゲがついた二枚貝のような形になった葉で獲物を誘い込み、獲物が葉の内側にある感覚毛に二度触れると葉が閉じ、獲物を挟んで捕まえる。

（…………）

もしかしてこれって、食虫植物の一種か？　言われてみればハエトリソウという名前は聞いたことがある気がするぞ。

（よし、次いこう）

サラセニア……瓶子体《へいし》と呼ばれる筒状の捕虫葉があり、その中に落ちた獲物は分解され養分として吸収される。

はい、食虫植物で確定です。捕虫葉とか言っちゃってるしね。どうやら次は食虫植物に進化するようだ。

（一応、最後の一つも確認しておくか）

ネペンテス……葉先に伸びる捕虫嚢《のう》と呼ばれる袋状の落とし穴を持ち、その中に落ちた獲物は分解され養分として吸収される。

ああ、はい、ウツボカズラですね。確か、僕のおじいちゃんが育ててた気がする。えらく格好《かっこ》いい名前だったからわからなかったです。

うーん、毒草よりは生き残れる可能性は高そうだけど、正直、まだここで食虫植物に捕まりそうなサイズの虫を見たことがないんだよね。あのサイズのグリーンワームが蝶《ちょう》に進化するとして、果たしてどのくらいのサイズになるのやら。不安のタネは尽きないけど、進化をしないという選択肢はない。

(仕方がない。一番なじみのあるウツボカズラを選択するか)

僕は名前だけは格好いいネペンテスになりたいと念じた途端、身体が光に包まれるのを感じた。

種族：猛毒草
名前：なし
ランク：G　　レベル：30　進化可
体力：49/49　魔力：104/104
攻撃力：43　防御力：51
魔法攻撃力：106　魔法防御力：106　敏捷：0

スキル：「特殊進化」「言語理解」「詠唱破棄」「アイテムボックス Lv7」「鑑定 Lv6」

「思考加速 Lv6」「生命探知 Lv7」「魔力探知 Lv6」「敵意察知 Lv6」

「体力自動回復 Lv4」「魔力自動回復 Lv6」「光魔法 Lv8」「水魔法 Lv10」

「時空魔法 Lv3」「重力魔法 Lv3」「光合成 Lv7」「猛毒生成 Lv6」

「痛覚耐性 Lv2」New!

称　号：「転生者」「スキルコレクター」「進化者」「大物食い《ジャイアントキリング》」

種族：ネペンテス
名前：なし
ランク：F　　レベル：1
体力：30/30　魔力：66/66
攻撃力：10　防御力：60
魔法攻撃力：66　魔法防御力：66　敏捷：0

スキル：「特殊進化」「言語理解」「詠唱破棄」「アイテムボックス Lv8」「鑑定 Lv7」

「思考加速 Lv7」「生命探知 Lv8」「魔力探知 Lv7」「敵意察知 Lv7」

「体力自動回復 Lv5」「魔力自動回復 Lv7」「光魔法 Lv9」「水魔法 Lv11」

「時空魔法 Lv4」「重力魔法 Lv4」「光合成 Lv8」「猛毒生成 Lv7」「痛覚耐性 Lv3」

「消化 Lv5」New!

称　号：「転生者」「スキルコレクター」「進化者」「大物食い《ジャイアントキリング》」「暗殺者」New!

――第4話――　罠《わな》を持つあいつ

猛毒草からの進化でネペンテスを選択した僕は、ただ今絶賛混乱中です。

(ネペンテスって、この姿形から推測するにやっぱりウツボカズラだよね？　でもこんなに大きかったっけ？)

そう、僕の記憶が確かならウツボカズラはせいぜいハエや蛾《が》などの小さな虫を捕獲するはずだ。

だが、今の僕は太い立派な茎に一枚の大きくて頑丈な葉、そしてその先に全長五メートルはあろうかという立派な捕虫嚢《のう》をぶら下げている。この捕虫嚢の入り口は、直径二メートルはありそうだ。

これならさっきのグレートマンティスやロックスコーピオンだって入ってしまうだろう。

(これ、最早《もはや》植物じゃなくて植物系の魔物では？)

予想外の進化に少々動揺してはいるが、とりあえずステータスを確認してみると防御力が大幅に上がっていた。これはますます死にづらくなったということで、喜ばしいことだろう。レベルが上がれば、グレートマンティスの攻撃にだって耐えられそうだ。

さて、ステータスはまずまずだけど、実際この身体《からだ》はどうなっているのだろうか？　周りの状況も含めて確認しておこう。

まずは現在地だけど、猛毒草だった場所より木々が多いところに移動している。何となく薄暗い感じがするしね。もし、この身体が魔物だったら動けるんじゃないかと思ったけど、そこはやっぱりダメでした。しっかりと根を張り、水分や養分を吸収しているのが何となくわかる。

それから、改めてこの身体を確認してみるけど、やっぱり形はウツボカズラで間違いなさそうだ。サイズはおかしなことになってるけどね。ちなみに防御力は上がっているけど、一番頑丈なのは一枚しかない葉っぱっぽい。茎もそれなりに硬そうだけど、逆に捕虫嚢は少し柔らかくできているようだ。その捕虫嚢は、丸く縦長に膨らんでおり、かなり大きい。中では強力な消化液と獲物をおびき寄せる蜜のようなものが分泌されている。

おや？ 移動は相変わらずできないんだけど、頑丈な葉の付け根から生えている二本のツルのようなものが動かせるみたいだぞ!?

(おお！ この世界に来て初めて、自分の意思で動かせる身体の一部を獲得できた！ テンション上がる！)

早速、ツルを鞭《むち》のようにヒュンヒュンと振り回す。どんな仕組みかわからないけど、結構細かい動きも可能っぽいぞ。その辺りに落ちていた枝を巻き取り、ポーンと投げることもできてしまった。

(うーん、結構自在に動かせるのはいいんだけど、力はあまりないみたいだ。このツルで獲物を捕まえるにはレベルを上げる必要がありそうだな)

結局、姿が変わっても罠にかかる獲物を待ちながら、光合成で経験値を稼ぎ、スキルのレベルを上げていく状況が続いた。

そうして待つこと数時間、ようやく一匹の動物が蜜の匂いに釣られて近寄ってきたようだ。

鑑定してみるとネズーミと出ていた。そこはマウースじゃないのかと一人でツッコミを入れる。この世界の名付けの基準がわからない。

ネズーミは辺りの匂いをクンクン嗅ぎながら、確実に僕の方へと近寄ってくる。そして、蜜の匂いを完全に嗅ぎ取ったのか勢いよく僕の茎をよじ登り始めた。この茎は、罠へと誘導する道なので非常に登りやすくできている。

無事に茎を登り切ったネズーミは、すぐに捕虫嚢に頭を突っ込んだ。甘い匂いのする蜜は、捕虫嚢の中の届きにくい位置から分泌されているため、ネズーミは縁に足をかけて身体を伸ばしたのだが、残念、この縁は非常に滑りやすくできており、ネズーミはあっさりと捕虫嚢の中へと落下していった。僕の意思とは関係なく蓋が閉まる。ネズーミが這《は》い上《あ》がろうと必死にもがいている動きが伝わってきたが、滑りやすい内壁とこの蓋のおかげで全く外に出ることはできないようだ。

そのうちに中の消化液で溺れてしまったのかネズーミの動きが止まり、お腹《なか》の辺りにジュワーッと何かが溶けている感じが伝わってきた。それがさっきのネズーミだと思うとちょっと気持ちが悪くなってしまう。それでも、ネズーミを消化したことで、思った通り経験値が入ってきたことに胸をなで下ろした。実際はツルで茎をなで下ろしただけだけど……

(よし、この調子でレベルを上げていくぞ!)

その後も、一時間に一匹のペースで動物や魔物が罠にかかり、光合成の経験値も合わせて、丸一日でレベルが一つ上がった。そのおかげで蜜の効果が上がったのか、次の日からは一時間に最低でも一匹、多いときには三匹ほど捕まえることができるようになった。だが、順調に思えたのは三日目までで……

（こ、これはどうしたらいいんだ？）

レベルが上がったことで順調に獲物を引き寄せていたのだが、あるときを境にぱったりと捕まえることができなくなってしまった。原因は、僕が引き寄せた獲物を目当てにDランクのグレートベアーが居座ってしまったからだ。

どうやらランクが上のグレートベアーには僕の蜜の効果はないらしく、一向に引き寄せられる気配はない。それどころか、せっかく僕が引き寄せた獲物を全てかっさらってしまっている。これは早急に何とかしなくては……

とはいえ、相手は格上。そう簡単に倒せるとは思えない。まずは相手をしっかり観察しなくては。

鑑定の結果によると、グレートベアーは攻撃力特化の魔物だった。敏捷《びんしょう》や防御力、魔力関係はそれほど高くない。とはいえ、それは攻撃力に比べてという意味で、僕の攻撃力や魔法攻撃力に比べたら高い。つまり、生半可な攻撃じゃ傷一つつけられないということだ。逆に、何とか猛毒状態にして倒すことができれば、レベルが上がったことでパワーアップしたツルで捕虫嚢の中に放り込むことで、さらなる成長が期待できそうなんだけど……

しかし、失敗したらヤツの強靭《きょうじん》な爪や牙で僕の身体は切り刻まれてしまうだろう。やはり、慎重に作戦を立てなくては。

グレートベアーは普段は僕の足下で丸くなって寝ており、獲物が近づいてくると徐《おもむろ》に起き出して、強靭な爪の一閃《いっせん》で獲物を倒しガツガツと喰《く》らってしまう。そしてまた眠りにつくの繰り返しだ。その食欲は衰えることを知らない。しかも、このまま獲物を倒し続けたらヤツのレベルが上がってしまうかもしれない。そうなると、さらに倒すのが難しくなってしまうだろう。どこかで覚悟を決めて仕掛けなくてはならない。

僕がグレートベアーの隙を窺《うかが》って二日目、突然チャンスが訪れた。二体の魔物が僕の蜜に誘われて現れたのだ。一体はクモ型の魔物で、もう一体はカエル型の魔物だ。僕の蜜に引き寄せられているので、周りは一切気にせずこちらに向かって真《ま》っ直《す》ぐ進んでくる。その横からグレートベアーがクモ型の魔物に襲いかかったのだが、クモ型の魔物の誘引効果が浅かったのか、攻撃が当たる寸前でクモ型の魔物はその攻撃を回避した。さらに、クモ型の魔物が回避した先にカエル型の魔物がいて衝突したため、カエル型の魔物の誘引効果も切れてしまった。

命の危険を感じれば反撃もする。グレートベアーと二体の魔物の間で乱戦が始まった。僕はこの天から与えられたチャンスをものにするべく、かねてより立てていた作戦を実行することにした。

僕はツルの先端に猛毒を生成し、クモ型の魔物に攻撃を仕掛けたグレートベアーの目を狙って刺してやった。

「ギャウウウッウ！」

クモ型の魔物の攻撃をものともしなかったグレートベアーだったが、僕の猛毒攻撃に叫び声を上げた。やはり、予想通り目の防御力は低かったようだ。しかし、動かせるツルがあってよかった。

魔法だったらこれほど細かなコントロールはできなかっただろう。

その後は狂ったように攻撃を繰り返し、あっさりクモ型とカエル型の魔物二体を蹴散らした後、ようやく僕を敵だと認識したグレートベアーが襲いかかってきた。

（くっ!?　きつい！　早く毒が効いてくれ！）

猛毒に侵されていても、その攻撃力は健在で、いやむしろたがが外れて攻撃力が増している気がする。激しい攻撃に僕の茎がガンガン削られていく。捕虫嚢は何とか守ろうと頑張ってツルで応戦するものの、その力の差は歴然で歯が立たない。ついに捕虫嚢にグレートベアーの攻撃が当たり始め、柔らかい捕虫嚢に傷がつく。

（もうダメかもしれない……）

そう思ったそのとき、僕が夢中で振るったツルが偶然、攻撃直後のグレートベアーの足をすくった。ドォンと音を立てて倒れる暴れ熊。さらに、起き上がろうと地面についた手をツルで払う。

僕が必死に起き上がるのを阻止していると、ついにグレートベアーの動きが鈍くなってきた。ようやく僕の猛毒が効いてきたようだ。こうなれば後は時間さえ稼げばよい。グレートベアーが起き上がるのを阻止し続けると、急速に弱っていき、ついには動かなくなった。

強敵を倒し、無事レベルアップを果たした僕。グレートベアーの大きな身体を何とか持ち上げ、捕虫嚢へと放り込む。おや、今気がついたけれど、養分を吸収すると追加で経験値が貰《もら》えるようだ。これは嬉《うれ》しい誤算だね。それにレベルが大幅に上がったことで、蜜の誘引効果も上がったようだ。これでさらにレベル上げの効率が上がるだろう。

その後、グレートベアーの消化にどのくらいかかるのかと思ったけど、たった半日で無事消化しきってしまった。向こうの世界のウツボカズラがどのくらいの消化力かわからないけど、明らかにこっちの方が強力だよね。


そして三日後、僕は探知で得た反応に思わず絶句していた。なぜなら僕の蜜によって集められた動物や魔物達が、僕の茎を登るために行列を作って待っているのだ。決してみんな暴れることなくお行儀よく並んでおり、一匹、また一匹と僕の捕虫嚢へとその身を投げていく。

(楽でいいけど何だか恐ろしい状況だね……)

すでにレベルが30を超え、消化レベルも上がっているから、捕虫嚢がいっぱいになることはないけど、自ら命を絶っていく魔物達を肌で感じながら、何とも言えない気持ちになっている。ああ、ついにオークまで釣られてきた。

(痛い、痛い! そんなに引っ張らないで!)

順番が来たオークが、捕虫嚢に無理矢理《むりやり》入ろうと、入り口を引っ張っている。そんなオークのお尻をツルで押して、無理矢理捕虫嚢へとねじ込んだ。

(いったいこの状況はいつまで続くのだろう)

遙《はる》か先まで探知できる行列を感じながら、僕は心の中でため息をつくのだった。


そして一週間後、無事にレベルがマックスになった僕は次の進化先に頭を悩ますことになる。

□進化先を選んでください
・マンドラゴラ
・アルラウネ
・ミアズマ

（ほほう。何だろう。また、名前だけではよくわからないな？　はたしてこれは植物なのか？　どれも聞いたことのない名前だな）

僕の少ない知識ではこれらの進化先がどんなものなのかイメージができない。仕方がないので、鑑定で一つずつ確かめていこう。

マンドラゴラ……根が二股に分かれた人型の植物。引っこ抜かれるときに上げる叫び声は、聞いた者に〝恐怖〟と〝混乱〟を与える。その身は万能薬の原料の一つとなる。

何だろう。根が二股に分かれた人型の植物って、全く想像できないのですが……。二股に分かれた人参《にんじん》とか大根みたいな感じなのかな？　叫び声は物騒な上に、その身は万能薬の原料になるって間違いなく希少な植物で見つかったら即採集されちゃうでしょ、これ。

（よし、次いこう）

アルラウネ……上半身は人間の女性で下半身は植物という魔物。アルラウネが吐き出す甘い香りには〝誘惑〟の作用があり、近づいてきた人間を耳まで裂ける大きな口で丸呑《まるの》みにしてしまう。

えーと、これは……僕が人間を食べるということですか？　上半身人間だから、コミュニケーションは取れそうなのに、その人間を食べるとか……ありえないでしょ。マンドラゴラといいアルラウネといい何でこんな物騒な進化先なんだ？　もう少し、スローライフを満喫できそうな進化先はないのか？　これはもうミアズマとやらに期待するしかない！

ミアズマ……大きな口の周りに無数のツルが生え、顔から下につきだした根で動き回ることができる植物系の魔物。体内で様々な毒を生成し、口から吐き出す瘴気《しょうき》には〝猛毒〟、〝麻痺《まひ》毒〟、〝混乱毒〟、〝睡眠毒〟が含まれる。

まじか。大きな口の周りに無数のツルって、最早出会ったらトラウマもんの化け物じゃないか。こいつもスローライフとは無縁の生活を送りそう。ってか間違いなく討伐対象でしょ。こんな危険な生き物がいたら。

（この三つから選ばなくてはならないとは……）

僕は散々迷った挙げ句、ようやく進化先を決めたのだった。

種族：ネペンテス
名前：なし
ランク：F　　レベル：40　進化可
体力：77/77　魔力：114/114
攻撃力：55　防御力：108
魔法攻撃力：114　魔法防御力：114　敏捷：0

スキル：「特殊進化」「言語理解」「詠唱破棄」「アイテムボックス Lv9」「鑑定 Lv8」

「思考加速 Lv8」「生命探知 Lv9」「魔力探知 Lv8」「敵意察知 Lv8」

「体力自動回復 Lv6」「魔力自動回復 Lv8」「光魔法 Lv9」「水魔法 Lv11」

「時空魔法 Lv4」「重力魔法 Lv4」「光合成 Lv9」「猛毒生成 Lv8」

「痛覚耐性 Lv3」「消化 Lv7」

称　号：「転生者」「スキルコレクター」「進化者」「大物食い《ジャイアントキリング》」「暗殺者」

種族：ミアズマ
名前：なし
ランク：B　　レベル：1
体力：105/105　魔力：95/95
攻撃力：86　防御力：79
魔法攻撃力：93　魔法防御力：94　敏捷：26

スキル：「特殊進化」「言語理解」「詠唱破棄」「アイテムボックス Lv10」「鑑定 Lv9」

「思考加速 Lv9」「生命探知 Lv10」「魔力探知 Lv9」「敵意察知 Lv9」

「体力自動回復 Lv7」「魔力自動回復 Lv9」「光魔法 Lv10」「水魔法 Lv12」

「時空魔法 Lv5」「重力魔法 Lv5」「光合成 Lv10」「猛毒生成 Lv9」

「麻痺毒生成 Lv4」New!「睡眠毒生成 Lv4」New!「混乱毒生成 Lv4」New!

「痛覚耐性 Lv4」「猛毒耐性 Lv9」New!「麻痺耐性 Lv4」New!「睡眠耐性 Lv4」New!

「混乱耐性 Lv4」New!「瘴気 Lv4」New
称　号：「転生者」「スキルコレクター」「進化者」「大物食い《ジャイアントキリング》」「暗殺者」

第5話　やっぱり嫌われ者でした

（よし、これに決めた！）

　僕は進化先一覧に表示された名前を強く意識する。すると僕の身体《からだ》が光に包まれていき……

　進化を終えた僕の身体は、体長三メートルほど、巨大な口とその周りに無数のツルが生え、顔の下には複数の根がうねうねと動く、巨大なイソギンチャクを逆さまにしたような化け物になっていた。


　ミアズマに決めました。はい、若干後悔してます。しかし、他のを選んでいてもたぶん後悔したはず。見た目と能力はエグいけど、生き残る確率が高いのはこのミアズマだと思う。何せ今までずっと低かったランクとやらが、いきなりBに上がっているくらいだから。今まで僕が倒してきた魔物達よりも遙《はる》かに強いに違いない。捕虫嚢《のう》がなくなったから、消化のスキルがなくなってしまったのだが問題はないだろう。

　それに、さらに三種類の毒が生成できるようになったし、それぞれに対応する耐性も持つことができた。そしてこの〝瘴気《しょうき》〟というスキルが、四種の毒を全て混ぜた恐るべき攻撃手段となっているのだ。

ステータスもレベル1なのに相当高い。レベルが上がったらそんじょそこらの魔物には負けないだろう。

むしろ気をつけるべきは人間達かもしれない。この世界の人間達がどのくらいの強さかはわからないけど、植物や虫がこれだけ強いのだから、人間達だって弱いままのはずがない。知恵と工夫とスキルでこれらの魔物達を狩っているはずだ。

それに、マンドラゴラの身が万能薬の材料の一つってことは、それを作っている何者かがいるということだろう。そんなことができるのは、かなり文明が進んだ人間に決まっている。

ということで、僕は人間に見つからないように気をつけていく必要がありそうだ。そして、次の進化でもっと平和的な種族になるのだ！

ミアズマに進化した僕は、まずこの辺りの地形を把握することにした。生命探知と魔力探知で自分の周りの様子はわかっていたけど、せっかく動けるようになったのだから、もっと遠くまで調べてみようと思ったのだ。

いつもの探知に敵意察知もフル活用し、ゆっくり慎重に移動していく。というか、ゆっくりしか動けない。特に目的はないので、とりあえず太陽っぽい星の方へ向かうことにした。

移動中に気がついたのだが、どうやらミアズマは音がわかるようだ。耳はないから、どこかの器官で空気の振動を感じているのだろうけど、久しぶりに無音の世界から解放されて、ちょっとやる気が出てきた。

それから、この身体は植物のようだが、根を張っておらず、口があるから肉食なのだろう。口の周りに生えているツルは伸ばすことができるようで、これを使えば倒した動物や魔物を食べることができそうだ。

（生で食えるかーい！）

いくら今の姿が魔物とはいえ、心は純日本人だ！　倒した生き物をそのまま食べることなどできそうにない。ネペンテスのときは直接胃の中に入ってくれた感じだけど、さすがにガジガジかじるのはちょっと……。とはいっても炎魔法は使えないから、焼く手段がない。そもそも植物だから火に弱そうだし。仕方がないので、まだ消えずに残っている光合成スキルから得られる栄養で、頑張ってこの巨体を維持することにした。

転生した場所から太陽っぽい星があった南（と仮定した）に進むこと約一週間、僕は未《いま》だに森の中にいた。この間、大きな猪《いのしし》や狼《おおかみ》、果ては巨大な虎に襲われたが全て返り討ちにしている。

鑑定したらアングリーボアとかダークウルフとかシルバータイガーとか、大層な名前がついていたが、出会い頭に瘴気を吹きかけてやると、混乱したり麻痺《まひ》したり寝てしまったりと様々な状態異常にかかり、大した苦労もなく倒せてしまった。この三つの状態異常はランダムでかかるが、猛毒だけは必ずかかるので、放っておけば倒せてしまうのだ。ただ、口から瘴気を吐くその姿は、物凄《ものすご》く臭い息を吐いているようでちょっと萎えてしまった。

まあ、それでも労せずレベルを上げることができたのは、レベルが1に戻っていた僕にとってはありがたかった。さらに嬉《うれ》しいことに、生命探知と魔力探知のレベルが10になったことで、目がない僕でも周りの景色を色付きで見ることができるようになった。

初めて見るこの世界は、地球によく似ている。草木が生い茂る森なんかは、僕の田舎《いなか》のおばあちゃんちの山にそっくりだ。ただし、出てくる生き物のサイズ感と自分の身体は異常だが。

それにしても、いくら移動速度が遅いとはいえ一週間も歩き続けて街道にすらぶつからないとは、どれだけ広いんだこの森は。だけど、この広大さのおかげで今の今まで人間に見つからなかったとも考えられるか。一応その辺りの配慮を女神様に感謝しつつ（まあランダムとは言っていたが）、それでも何かしら人間が住んでいることを確認できるものを見つけておきたい。僕はこのままの身体でいるつもりはないからね。いつか、人間の前に姿を現すことができる生き物に進化する予定なのだ。


そんなことを考えつつ、うねうねと根を動かしながら歩いていると、何か金属が衝突するような音とともに、生命探知に人型の生物が数体引っかかった。どうやら狼型の魔物と交戦しているようだ。鑑定すると人型の生物は〝人間《ヒューマン》〟と、狼型の魔物はフォレストウルフと出た。おっと、人間がいる痕跡どころか、人間そのものを発見してしまったらしい。

今この姿で人前に出るわけにはいかない。そう考えた僕はそーっと来た道を戻ろうとしたのだが……僕は気がついてしまった。人間の一人が全く動いていないことに。そして、その動かない人間を庇《かば》うように三人の人間が三匹のフォレストウルフと戦っていることに。

（参ったな。どうしよう。動かないといっても、三人が庇っているところを見ると死んではいないよね。元人間として見捨てるのも気が引ける……)

僕は悩むこと数十秒、意を決して交戦中の一団へと向かうことにした。

～ｓｉｄｅ　冒険者～

「トマス！　そっちは大丈夫か？」

少々黒みがかった銀色のライトメイルで要所を守る金髪の青年が、大きな盾でフォレストウルフ三匹の猛攻を防いでいるフルメイルの大男に声をかける。

「エリックか……問題ない」

一言だけ発したトマスと呼ばれた大男は、しかしその言葉とは裏腹に、大きな盾でも防ぎ切れていないフォレストウルフの牙や爪をその身に受けていた。

「いや、問題ありまくりでしょ！　全然防げてないでしょ！　ほら、こっち来たし！」

その二人の後ろで、倒れている白いローブを着た女性に覆《おお》い被《かぶ》さるようにしながら杖《つえ》を構えている黒いローブの小柄な女性が、抗議の声を上げている。トマスの横をすり抜けたフォレストウルフの一匹が、その二人に襲いかかったのだ。

「炎よ、我の前に集いて敵を撃て、ファイアーボール！」

黒いローブの女性が何やら呪文を唱えると、彼女の目の前にソフトボールくらいの火の球が現れ、向かってきたフォレストウルフめがけて飛んでいった。

「ギャン！」

見事その火の球はフォレストウルフの顔に命中し怯《ひる》ませることに成功したのだが、残念ながらその一撃で倒しきることはできず、逆に顔に火傷《やけど》を負ったフォレストウルフはさらに敵意の籠もった眼《め》で、小柄な女性を睨《にら》みつけている。

「うぅぅ、もう魔力がないよぅ……」

どうやら魔術師であるこの女性は、なけなしの魔力で放ったファイアーボールが大してダメージを与えられなかったことで、打つ手がなくなってしまったようだ。エリックと呼ばれた剣士風の男性は一際大きな身体のフォレストウルフに押され気味だし、トマスという大盾の男性も二匹のフォレストウルフの猛攻を防ぐのに手一杯で、助けは期待できそうにない。


この四人組の冒険者は『疾風の風』と呼ばれるFランクのパーティーで、この森にグリーンワームの討伐に来ていた。しかし、今日に限ってグリーンワームがなかなか見つからず、ついついいつもより深く森に入り込んでしまったのだ。そこに運悪く、Eランクのフォレストウルフの群れに遭遇してしまい、最初の不意打ちで治癒士の女性がやられ、逃げることもままならず戦闘に入ってしまい今に至る。

（（もうダメかもしれない……））

まだ辛《かろ》うじて無事な三人がそう思った直後にそいつは現れた――

◇　◇　◇

「ガゥ？」

最初に僕に気がついたのは、黒いローブを着た女性に飛びかかろうとしていたフォレストウルフだった。攻撃を受けておらず余裕があったのと、野生ならではの気配察知に優れていたからだろう。ガサゴソと音を立てて茂みから姿を現した僕を見て、フォレストウルフは全員一目散に逃げ出した。

「ミ、ミアズマだ……。何でこんなところにBランクの魔物が……」

「むぅ、ここまでか」

「あぁ、あの臭い息で死ぬなんて……フォレストウルフの方がまだましだったわ……」

剣士風の男性、大盾を持った男性、黒いローブの女性、それぞれが僕を見た素直な感想を漏らす。

(わ、わかってはいたけど僕はやっぱり嫌われ者だったのか……)

初めて出会った人間に、息が臭いとまで言われ大いに心を傷つけられた僕は、そっと後ずさりその場を後にした。

こちらの世界に来てから初めての人間に出会って、立ち直れないほどの精神的ダメージを受けたが、落ち込んでばかりもいられないので、生命探知が届く範囲で四人組を監視し、人間が住む街が

どっちにあるのかを確認することにした。

僕が助けた四人組はしばらくその場に留《とど》まっていたのだが、倒れていた一人が意識を取り戻した後、少し休憩してからさらに南に向かって歩き始めた。

怪我人《けが》がいたからか、はたまた魔物に会わないように慎重に歩いていたからなのか、ありがたいことに彼らがゆっくり進んでくれたおかげで、僕はぎりぎり探知から外れないようにしながら、後を追うことができた。そして二日後、ようやく街道へと到着した。彼らはその間に一度野営したのだが、昼間のフォレストウルフに再び襲われそうになったので、僕が蹴散らしておいた。猛毒＋混乱を与えたのでどこかで野垂れ死んでいることだろう。

街道に出た彼らがどちらの方向に向かうのかを確認した後、僕は来た道を戻り転生した地点を目指して歩き始めるのだった。

◇◇◇

「それにしても疲れたな……」

最初は生き物を生でなんて絶対に食べないと息巻いていたが、光合成だけでこの巨体を維持するのはなかなか大変だ。幸い空腹感はないのだが、ずっと動き続けていると身体が思うように動かなくなってくる。十日ほどかけて元の場所に戻ってきたのだが、少し休まなくてはもう動けそうにない。だけど、今はこの世界に人間がいることと、ここから十日ほど南に行けば、街道があることさえわかっていればいい。どうせこの姿で行っても碌《ろく》な目に遭わないだろうから。

それよりも、他の場所がどうなっているのかを調べた方がいいに決まっている。ここから南に向かうと、出会う魔物がどんどん弱くなっていった。今、僕のレベルは34だ。この辺りの魔物ではなかなかレベルが上がらなくなっている。

(南に向かうと魔物が弱くなるなら、北に向かえば逆に強くなっていくのではないか?)

そう考えた僕は、光合成でエネルギーを補給してから北へと歩き出した。


森の北側は予想通り、レベルの高い魔物が多数存在していた。一対一でも手こずる相手を何とか倒しながら進んでいくこと五日、突然視界が開け、目の前にゴロゴロと岩が転がる大きな山が現れた。

(この山、なんかヤバそうな気配がする)

この不気味な山からは、ヤバい気配がぷんぷんと漂ってくる。しばらく足を踏み入れるのを躊躇《ちゅうちょ》していると、そいつは突然空からやって来た。

種族　ワイバーン
名前　なし
ランク　B
レベル　46

体力　　　　254／254
魔力　　　　159／165
攻撃力　　　201
防御力　　　171
魔法攻撃力　166
魔法防御力　151
敏捷《びんしょう》　　　　159

スキル
飛翔《ひしょう》　Lv14
咆哮《ほうこう》　Lv11
ブレス（炎）Lv8

（こいつはまずい。空からブレスを吐かれたら手も足も出ないぞ）

もちろん物理的に手や足がないということではなく、単純に今の僕には空を旋回するワイバーンに届く攻撃手段がないという意味だ。ポイズンエッジやポイズンバレットで狙っても、これだけ距離があれば簡単に避《よ》けられてしまうだろう。

今更だが、出会った瞬間に逃げ出しておけばよかったと激しく後悔した。だが、すでに僕を敵認定しているワイバーンは、旋回中にこちらを向いたタイミングで大きく口を開けてきた。

(ヤバイ！　ウォーターバレット、ウォーターバレットォォォ!!)

僕が咄嗟《とっさ》に放った二発のウォーターバレットと、ワイバーンの口から吐き出されたバスケットボール大の火の球が空中で衝突して爆発を起こした。

(あっぶな！　少しでも遅れてたらまる焦げだったぞ)

相手のブレスの予備動作を見抜いて、水魔法で相殺したまではよかったが、結局、その後も逃げるタイミングを逸した僕は、時折放たれるブレスをウォーターバレットで相殺させるので精一杯だった。相手のブレスには多少のインターバルがあるし、こちらの魔力自動回復のレベルが上がっているおかげで魔力切れになることはなさそうだが、このままではいつまでも決着がつかないのは明らかだ。

さて、どうしたものかと考えていると、山の方からワイバーンなど比較にならないくらい強烈な生命力を持った何かが、とんでもないスピードで迫ってくるのを感じた。

ワイバーンの方もすぐにその気配を感じ取ったようで、今まで死闘を繰り広げていたライバルを見捨て、あっという間に山とは反対方向へと逃げていった。何という薄情なヤツめ。

僕もすぐに逃げ出したかったのだが、鈍重な身体があだとなってまたもや逃げ遅れてしまったのだった。

ズゥウゥウン！

山から飛んできたとんでもなく大きな赤い塊は、勢いそのままに僕の目の前に着地した。その衝撃で足下には大きなクレーターまでできている。

種族　レッドドラゴン
名前　ヴォーラ
ランク　A
レベル　83
体力　512／512
魔力　327／327
攻撃力　413
防御力　398
魔法攻撃力　299
魔法防御力　287
敏捷　387

スキル
念話
飛翔　Lv18
咆哮　Lv15

ブレス（炎）　Ｌｖ12
炎魔法　Ｌｖ12
炎耐性　Ｌｖ12
猛毒耐性　Ｌｖ10
麻痺耐性　Ｌｖ10
睡眠耐性　Ｌｖ10
混乱耐性　Ｌｖ10

（マズイ、マズイ、マズイィィィ！　何でこんな化け物が来たんだよ!?）

現れたのは、体長十メートルはあろうかという真っ赤なドラゴン。黒い丸い目はこちらをじっと見つめている。

（ひょっとして戦う気などないのでは？）

そう甘く考えたときが僕にもありましたよ、はい。しかし、レッドドラゴンは僕の期待を裏切るように、その大きな口を開けたのだった。

（ウォーターバレットォォォォ×10!!）

反射的に放った十個ものウォーターバレットが、ドラゴンの口から吐き出された火炎放射器のようなブレスにぶつかり大爆発を起こす。それでも相殺しきれなかった炎の一部に焼かれ、僕のツルと根の一部がブスブスと煙を上げて燃えていた。

たった一度の攻撃を防ぐだけで、魔力の半分を持っていかれてしまった。しかも、完全には防ぎ切れていないのに。

（無理無理無理無理！　こんなの絶対無理！　まともに戦ったら死んじゃうよ！）

この一回の攻防でそれを悟った僕は、レッドドラゴンから目を離さないように静かに後ずさりを開始した。

その動きを黙って見つめる恐怖の象徴。だが、そいつは不思議と後ずさる僕を攻撃することはなかった。

（た、助かったのか？）

結局、逃げ出した僕をドラゴンは攻撃することなく、そのまま逃がしてくれた。


どうやら僕は度重なる進化を重ね、レベルアップを繰り返すことで慢心してしまっていたようだ。今回の経験は、この世界はちょっとの油断が命取りになることを改めて知らされる結果になった。それでいてまだ僕が生き残っていることに感謝しつつ、もっともっと慎重に強くなるための努力を重ねようと心に誓うのだった。

レッドドラゴンの恐怖を味わった僕は、山には近づかないようにしながら森の北側でレベル上げに励んだ。生命探知や魔力探知の範囲を頻繁に広げることで、周囲の状況を常に把握し、たとえ格下相手でも油断しないように戦った。慎重かつ積極的に同格の魔物達を倒すこと二週間、ついに僕のレベルは50へと上がったのだった。

慎重に戦っていたせいか危機察知なんていう素晴らしいスキルを手に入れることができた。そして、ついに来ました。進化のときです。早速、進化先を確認してみると……

□進化先を選んでください
・ワーム
・アント
・ホーネット
・スパイダー
・マンティス
・スコーピオン
・ビートル

おお！　ついに植物から脱却か!?　しかし、名前からしてこれらは全て昆虫の初期段階ではなかろうか。今が植物系の最終進化形だとすると、ひょっとして進化することで相当弱くなってしまうのではないか？

頑張って強くならねばと誓ってから二週間、まさか進化することで極端に弱くなる可能性があるとは思わなかった。とはいえ、ここで進化しないという選択肢はないか。強くなって生き残ることはもちろん目的の一つだが、スローライフを送るのにさすがにこの身体はないだろう。段々人も恋しくなってきたし、他の転生者を探すにしてもこの身体は向いていない。

それに一時的に弱くなったとしても、進化と言うくらいだから昆虫系の最終進化までいけばミアズマより強くなるはずだ。今の僕なら、戦闘の経験もそこそこあるしスキルも継承できるとなれば、慎重に戦えばそんなに危険もないだろう。

少し弱気になってしまったが、ここは進化するしかない。後は何に進化するかということだけだが……


ワーム……言わずと知れた芋虫。口から糸を吐く。進化すると糸以外も吐けるかも。

アント……アリ。硬い外殻と大きなあごが特徴。穴を掘って巣を作るのも上手《じょうず》。

ホーネット……ハチ。自由自在に空を飛び、巨大な針で敵を穿《うが》つ。

スパイダー……八本足のクモ。お尻から糸を出し相手をからめる。実は昆虫ではない。

マンティス……カマキリ。巨大な二本の鎌を持つ森の暗殺者。

スコーピオン……サソリ。手には大きなはさみと尾の先には強力な毒針を持つ。

ビートル……カブトムシ。巨大な角と鎧《よろい》のような甲殻を持つ。子ども心をくすぐる格好良さ。


一応説明文は読ませてもらったが、今回ばかりは直感で……いや、正直に言おう、僕の好みで決めさせてもらった。だって、昔から好きだったんだもん。

僕が進化先を念じると、身体が光に包まれていく。身体がぐんぐんと縮むような感じがして、光が収まるのと同時に僕は進化を果たしていた。そこにはいたのは――

巨大な一本角、シンプルながら洗練された美しいフォルム、金属を思わせる外殻、銀色に輝く体長五十センチメートルほどのカブトムシだった。……ん？　銀色？　茶色じゃなくてなぜに銀色？大きさはともかく、色と形は地球のカブトムシをイメージしていた僕は、明るく輝く銀色の身体を見て首をかしげた。

まあ、なってしまったものは仕方がない。というか、あの説明だけなら幼虫ってこともあったのか。そう考えると、これはこれで格好《かっこ》いいと思い直し早速ステータスを確認した。

種族：ミアズマ
名前：なし
ランク：B　レベル：50　進化可
体力：198/203　魔力：112/193
攻撃力：184　防御力：177
魔法攻撃力：191　魔法防御力：192　敏捷：74

スキル：「特殊進化」「言語理解」「詠唱破棄」「アイテムボックス Lv10」「鑑定 Lv9」

「思考加速 Lv10」「生命探知 Lv11」「魔力探知 Lv11」「敵意察知 Lv9」

「危機察知 Lv2」New!「体力自動回復 Lv8」「魔力自動回復 Lv9」「光魔法 Lv10」

「水魔法 Lv12」「時空魔法 Lv5」「重力魔法 Lv5」「光合成 Lv10」「猛毒生成 Lv10」

「麻痺毒生成 Lv6」「睡眠毒生成 Lv6」「混乱毒生成 Lv6」「痛覚耐性 Lv5」

「猛毒耐性 Lv10」「麻痺耐性 Lv6」「睡眠耐性 Lv6」「混乱耐性 Lv6」「瘴気 Lv6」

称　号：「転生者」「スキルコレクター」「進化者」「大物食い《ジャイアントキリング》」「暗殺者」

種族：ビートル（変異種）
名前：なし
ランク：E　レベル：1
体力：70/70　魔力：67/67
攻撃力：102　防御力：98
魔法攻撃力：66　魔法防御力：65　敏捷：98

スキル：「特殊進化」「言語理解」「詠唱破棄」「アイテムボックス Lv11」「鑑定 Lv10」

「思考加速 Lv11」「生命探知 Lv12」「魔力探知 Lv12」「敵意察知 Lv10」

「危機察知 Lv3」「体力自動回復 Lv9」「魔力自動回復 Lv10」「光魔法 Lv11」

「水魔法 Lv13」「時空魔法 Lv6」「重力魔法 Lv6」「猛毒生成 Lv11」

「麻痺毒生成 Lv7」「睡眠毒生成 Lv7」「混乱毒生成 Lv7」「痛覚耐性 Lv7」

「猛毒耐性 Lv11」「麻痺耐性 Lv7」「睡眠耐性 Lv7」「混乱耐性 Lv7」「瘴気 Lv7」

「飛翔 Lv3」New!「硬化 Lv5」New!

称　号：「転生者」「スキルコレクター」「進化者」「大物食い《ジャイアントキリング》」「暗殺者」

第6話　子ども心くすぐる姿

やはりステータスとランクは大幅に下がってしまったか。でも、スキルは光合成以外は引き継げたようだし、新たに飛翔《ひしょう》と硬化が増えている。光魔法もいつの間にか10を超え、新たに第四階位の〝シャイニングアロー〟を覚えていたようだ。これらの新スキルは後で確認しておこう。まずはレベルを上げて少しでもステータスを上げておかねばなるまい。

そこでハタと気がついた。周囲に光るいくつもの真っ赤な目に。

（しまったぁぁぁ！　ここはまだ森の北側だった！　南側に戻って魔物が弱いところで進化するべきだった！）

二週間前に誓った『慎重に』はいったいどこへ行ってしまわれたのか……

ミアズマと同ランクの魔物がいる北側で進化するなんて、なんて迂闊《うかつ》なことをしてしまったのだ。

だが、いくら嘆いても後の祭り。今はこの危機をどう乗り切るか考えなくてはならない。

（っていうか、考える前に逃走だ！）

僕はぶっつけ本番で飛翔スキルを使い逃走を図った。慣れない操作に何度も木にぶつかりそうになりながら、必死に南へと飛んでいく。後ろから追いかけてくるのは、ダークウルフ四匹のようだ。後ろを見ずに当てずっぽうでポイズンバレットを撃ちつつ、ジグザグに飛びながら逃げ回る。そうこうしているうちに、段々と飛ぶコツを掴《つか》んできた。命がけで飛んでいるからか上達が早いようだ。何はともあれ、上手《うま》く飛べるようになればこっちのものだ。割と高い素早さと相まって、二時間ほどで黒い狼《おおかみ》達を撒《ま》くことができた。

ダークウルフの追撃を見事に振り切った僕は、目立つ銀色の身体《からだ》を最大限隠しつつ、慎重に拠点を目指す。レベルが上がり、探知範囲が広くなった生命探知と魔力探知をフル活用し、何とか五日かけて森の北側を脱出し拠点に帰ってくることができた。進化直後が危険なんて百も承知だったのに。うっかりで命を落としてしまわないように、もっと気を引き締めていかなくては。

この世界で生きていく覚悟を改めて確認した後、拠点でステータスとスキルを確認し、レベル上げの計画を立てていくのであった。

◇ ◇ ◇

ビートルに進化したばかりの僕は、進化の度にお世話になっているグリーンワーム先生のもとへと急いだ。早急にある程度のレベルまで上げないと、偶然強い魔物に出会っただけで死んでしまうから。

僕がいつもグリーンワーム先生が群れている場所にたどり着くと、運がいいことにアシッドワーム先生も何匹か待っていてくれた。早速、覚え立てのシャイニングアローを試してみる。

念じただけで現れる光の矢を一匹のグリーンワームめがけて飛ばしてみる。文字通りの光の速さとまではいかないが、かなりのスピードで飛んでいきグリーンワームの脳天を貫いた。

（いつも思うけど、魔法って便利だよね。ビートル系は物理攻撃メインみたいだから魔力が以前より減って残念だけど、それでも遠距離から攻撃できるのはありがたい）

魔法のありがたみを感じつつ、光魔法や水魔法、時には角を使ってワーム達を蹴散らしていく。

（これだけ蹴散らしておいてなんだけど、このワーム達って進化しないのかな？　こんなにいるんだから一匹くらい、蝶《ちょう》や蛾《が》になってもよさそうなもんだけど。一度も見たことないよな）

他の魔物も進化することがあるのか、それとも僕だけの特性なのか確かめる術《すべ》がないからわからないが、もしスキルを持っていなければ進化できないのであれば、あのとき、特殊進化のスキルを選んだ自分を褒めてあげたい。

Ｌｖ20前後のグリーンワーム先生とＬｖ25前後のアシッドワーム先生を合わせて二十匹ほど倒した僕のレベルは25まで上がっていた。やっぱりレベルが上の魔物を倒すのは光合成より遥《はる》かに効率がいい。それにしても、たった半日で25まで上がったのは引き継いだ優秀なスキルのおかげだね。

よし、後一匹倒したら拠点に戻ろうか。そう思って、目についたアシッドワーム先生めがけて飛んでいったんだけど……

（あれ？　あれってアシッドワームだよね？）

僕が見つけたアシッドワームはなぜか背中にたくさんの丸いトゲが生えていた。

（ひょっとしたら変異種かも？　だとしたらたくさん経験値を貰《もら》えるぞ！）

嬉《うれ》しくなった僕は喜々として、それでいて慎重に見つからないようにシャイニングアローを用意する。それにしても、あの変異種全く動かないな。狙うのが楽でいいけど。

僕はアシッドワームの眉間めがけてシャイニングアローを放った。

ドシュ！

最後の最後まで全く動かなかったアシッドワームは、額に穴が空いてもぴくりともしない。

（あれ？　経験値が入ってない？　どうなってるんだ？）

なぜか、アシッドワームの変異種を倒しても経験値が入っていなかった。こんなことは一度もなかったのに。つと、そのとき変異種の背中のトゲが動いた気がした。なんかおかしい気がして確かめるべく近寄ってみる。すると、背中にあったたくさんのトゲがもぞもぞと動き出し、中からなにかが飛び出してきた。

（なんじゃこりゃぁぁぁ!?）

背中のトゲから飛び出してきたのは、小さなたくさんの蜂だった。

種族　寄生蜂
名前　なし
ランク　C
レベル　28
体力　154／154
魔力　89／69

攻撃力　　143
防御力　　142
魔法攻撃力　85
魔法防御力　84
敏捷《びんしょう》　　175

スキル
飛翔　　Lv7
麻痺《まひ》毒　Lv7
麻痺耐性　Lv7

（うぉぉぉぉぉ!?　蜂はまずい!?　確か蜂に二回刺されるとアナフィラキシーショックで死んじゃうんだよね？　僕は小学三年生のときにスズメバチに刺されてるんだよ!?）

僕はヤツらに刺されないように一目散に逃げ出したのだが、蜂共は僕を次の宿主にするつもりなのか執拗《しつよう》に追ってきた。しかも、微妙にヤツらの方が敏捷も飛翔スキルも高い。まずい、追いつかれる。こんなところで死にたくない！

ブーン、ブーン

しかし、もうすぐ後ろまで羽音が迫ってきている。これはもう戦うしかない。僕は覚悟を決めて地面へと降り立ち。寄生蜂の方へと向き直った。

（ウォーターバレット！）

僕は寄生蜂の群れに向かって、できるだけたくさんのウォーターバレットを放った。いくつかは命中したみたいだけど、やはり大半の寄生蜂に躱《かわ》されてしまった。

（ウォーターウォール！）

僕はすぐに水の壁を前方に作り出し、距離を取ろうとしたのだが……水の壁ができる前に数匹の寄生蜂の接近を許してしまった。

（うわぁぁぁぁぁ、殺される!?）

僕は寄生蜂のお尻についた針が迫ってくるのを、スローモーションのように見つめるしかできなかった。

カン、カン、カァン
小気味よい音がして、僕の外殻が寄生蜂の針を弾《はじ》く。

（…………）

慌てすぎてステータスをよく見てなかったね。こいつらの攻撃力じゃ僕の外殻は傷一つつかないわ。どう考えてもこれは勝ち確定だったよ。それによーく考えたら、僕が蜂に刺されたのは転生前だよね。今刺されたところで、アナフィラキシーショックになるわけがない。それどころか、僕は麻痺耐性を持っている。毒だって僕には効かないじゃないか。

そうとわかった僕は、鼻歌交じりに一匹ずつ寄生蜂を倒していく。おかげでここでも一つレベルを上げることができた。

（よし！　ミアズマほどではないけど、森の北側で狩りできるくらいのステータスにはなったな）

最後に少し取り乱してしまったけど、半日ほど狩りをして日がすっかり暮れたところで、僕は拠点に戻ってきた。レベルも上がりすぐに森の北側を目指そうとしたときに久しぶりにあの感覚を感じ取った。

（ね、眠い!?）

それは眠気だ。植物のときは一切感じなかった眠気が、ビートルに進化したことで今までの分を取り返すかのように一気に襲ってきた。

（寝てる間に襲われないようにしないと！）

僕は慌てて近くにあった大きな木の根元に穴を掘り、目立つ身体を押し込んだ。ほんの気休めにしかならないが、暗い中で穴に入っていれば見つかりにくくもなるだろう。そう信じて僕はこの世界に来て初の眠りへと落ちていくのだった。


翌朝、外敵に襲われることもなく無事に目覚めた僕はある衝動に気がついた。

（お腹《なか》が空《す》いた……）

どうやら、この身体に進化して必要になったのは睡眠だけではなかったようだ。食欲もまた感じるようになっていたのだ。

（ここにきて光合成のありがたみがわかるとは）

植物のときは、水と光さえあれば光合成で養分を作ることができた。しかし、昆虫型となった今、何らかの食事をする必要がでてきたのだ。

（ベースは昆虫だから、木の蜜とかを探せばいいのかな？）

まあ、変に肉食動物とかに進化して生肉を食べるより抵抗は少ないか。しかし、このまま進化し続けたらそういう可能性も否定できないということか。これは、覚悟を決めるか早急に火魔法を覚えなくてはならないな。

自分の将来について考えている間も、どんどんとお腹が減っていく。これもまた、今まで食事をしていなかった反動だろうか。

僕は穴を掘っただけの巣を飛び出すと、本能に誘われるままいい匂いがする木を探して飛び回った。

（うん？　あの木から何とも言えないいい香りがする……気がする）

十数分ほど飛び回った僕は、お目当てっぽい木を発見することができた。でこぼことした樹皮にややとんがったギザギザの葉っぱ。地球で言うクヌギの木に似ている。もちろん大きさは除くが。その木の真ん中にしがみつくようにとまり、角でその樹皮を傷つけてみた。途端にあふれ出す、琥《こ》珀色《はくいろ》の木の蜜。

（この蜜なら抵抗なく食べられそうだ）

と思ってハタと気がついた。

（なんで口があるんだよ!?）

そう、僕がイメージするカブトムシの食事方法は、オレンジ色のブラシのような毛で蜜を舐《な》め取るだったのだが、僕には立派な口があったのだ。まるでアリのような鋭いあごが左右についており、開け閉めする度にガチャンガチャンと金属音が鳴り響く。

一応、これでも蜜を吸い込むことができたので食事には困らなかったのだが、いざとなったら倒した魔物を食べられるようになっていることに、やはり自分は昆虫ではなく昆虫型の魔物なんだと再認識させられた。

直径十メートルはあろうかという巨木に、体長五十センチメートルの銀色のカブトムシが張り付いている。子どもが見たら喜んで近寄ってくるどころが、恐怖におののいて逃げてしまいそうなシュールな状況ではあるが、十分な蜜をお腹に入れ満足した僕は、再び森の北側へレベル上げに向かった。

◇　◇　◇

あれからさらに十二日ほどレベル上げに費やし、現在のレベルは39まで上がっている。その間、食事をとったのは三回で、どうやらこの身体は三日に一回食事を取れば問題ないようだ。植物のときまでとはいかないが、なかなか燃費のいい身体だ。

食事はいつも同じ場所でとっている。最初に傷をつけたあの巨大な木だ。僕のレベルが上がるにつれ、あの木に近づくものが減っていった。これがナワバリというものか。

今日も三日ぶりの食事をとろうといつもの巨木にやって来たのだが、そこには先客がいた。

(あれは、まさか、同族!?)

僕の専用席にいたのは、立派な一本角にシンプルながら子ども心をくすぐる洗練されたフォルム、体長五十センチメートルほどのカブトムシだった。ただし、その色は赤みがかった茶色だ。こちらが本来の色に違いない。

しかも、こいつはご丁寧に僕がつけた傷の上から、×印になるように傷をつけ直している。これはもう、僕に対する挑戦としか思えない。

僕は茶色カブトのすぐ上にとまり、ヤツと対峙《たいじ》した。


巨大な木にとまる二匹のカブトムシ。上にいるのが銀色の僕、下でのうのうと蜜を吸っているのが茶色のカブトムシだ。

ヤツは僕がすぐ上にとまったというのに、チラッとこちらを見ただけで蜜を吸い続けている。僕の食事場を奪っておいて、なんて太々《ふてぶて》しい態度なんだ。

(すぐにその場所を譲ればよかったのに、もう謝っても許さないぞ!)

僕は角を下げて茶色のヤツとの距離を縮めていった。まずはお互いの角がぶつかる。『ゴッ』という鈍い金属音がして、一瞬僕の歩みが止まる。だが僕はそこから強引に前に進み、茶色のヤツを押し出しにかかる。

ヤツは六本の足で必死に耐えようとしているが、僕の方が攻撃力が高い上に上から押しているのだ。重力の手助けもあり、じわじわとヤツを食事場から押し出していく。そして、僕の口が蜜のところに来たところで押すのをやめ、僕は悠々と蜜を吸い始めてやった。

ヤツの目の色がわかりやすく変わった。押し返してくる力が若干強くなったようだが、僕は微動だにしないで蜜を吸い続ける。そのうちにヤツは押すのを諦め、角を僕の下に潜り込ませようと頭を動かしてきた。

(なるほど、そうきたか。こっちの世界でもカブトムシの戦い方は変わらないんだな)

妙なところで感動してしまったが、そのままやられるほど僕はお人好《ひとよ》しではない。あ、今は虫だからお虫好しになるのか？　ともかく、僕もヤツと同じように角を相手の下に潜り込ませようと頭を激しく動かした。

時には力尽くで、時にはフェイントを織り交ぜながら、お互いの腹の下を目指してせめぎ合う。僕の角がヤツの腹の下に入ったのと、ヤツの角が僕のお腹の下に入ったのは同時だった。

(フン！　ウグググゥ！)

二匹の角がミシミシと音を立ててしなっている。お互いの鉤爪《かぎつめ》がついた六本の足が、弾き飛ばされないようにがっちりと木の幹を摑む。しかし、先ほど僕の味方をした重力が今度はヤツの味方をしている。少しでも気を緩めれば、空中へと投げ飛ばされてしまいそうだ。見た目ではお互い全く動いているようには見えないが、実際はギリギリの死闘を繰り広げていた。

人間だったら間違いなく顔が赤くなって、血管が浮き出ているはずだ。

そんな力比べがしばらく続いたが、いよいよ決着のときが来たようだ。ヤツが踏ん張っている木の皮が徐々にめくれ上がってきているのだ。

(ウォォォー！)

と心の中で叫び、一気にヤツの体を持ち上げた。バリバリと剝《は》がれた木の皮と一緒に投げ出される茶色カブトムシ。

(短い間だったけど、いい勝負だったな。あばよ！)

僕は心の中で健闘を称《たた》えつつ、無防備に晒《さら》されているヤツのお腹に、ウォーターバレットを三発打ち込んだ。

ドン、ドン、ドン

一つ残らず命中した水の弾丸は、ヤツのお腹に三つの穴を空けた。

ギギギィという断末魔の叫びを残して動かなくなったカブトムシをアイテムボックスに回収する。

そして僕は何事もなかったように、×印から流れ出る木の蜜を舐めるのだった。

(それにしても、勢いで倒しちゃったけど、よくよく考えたらこれって同族殺しだよね。今までの行いを振り返ってみても思うけど、僕ってこんなに好戦的だったかな?)

もしこれが人同士なら僕は人殺しだ。殺した理由も、ただ、レストランでいつも僕が座ってる席に別の人がいたというだけで。

しかし、不思議と後悔や罪悪感は湧いてこない。それは弱肉強食のこの世界がそう思わせるのか、この世界に来て僕の中で何かが変わったのか、理由はよくわからない。だが、これからこの世界で生き抜くには、今の方が都合がいいのは明らかだ。

自分の心の変化に少々戸惑いつつも、この世界で生き抜くためには必要なことと割り切り、このことは深く気にしないようにした。

それよりも、強敵を倒した後にステータスをチェックしていると、気になる称号を発見した。

称号　同族殺し　Ｎｅｗ！

字面からして不穏な感じしかしないけど、一応確認してみるか……

同族殺し……同族を殺したことがある。同族を相手にするとき、ステータスに上昇補正。

あんまり活用する場面がなければいいんだけど……効果は優秀だな。

さて、どうやら今回の戦闘でレベルの上限に達したようなので、気を取り直して次は進化先を見てみるか。

□進化先を選んでください
・ソルジャービートル
・アーマービートル
・マジックビートル

ふむふむ、今回の選択肢は三つか。しかも、名前を見ただけで大体の方向性がわかるな。それぞれの説明を確認してみると思った通り、ソルジャービートルは攻撃力と敏捷、アーマービートルは体力と防御力、マジックビートルは魔力と魔法攻撃力が上がりやすいようだ。

(ビートルになって物理攻撃力の方が高くなったけど、やっぱり僕は魔法を使うのが好きだな)

そんな理由で次はマジックビートルにすることにした。

今回はちゃんと巣に戻り、周囲の安全を確認してから進化を開始した。

種族：ビートル（変異種）
名前：なし
ランク：E　　レベル：40　進化可
体力：167/187　魔力：133/145
攻撃力：219　防御力：215
魔法攻撃力：144　魔法防御力：143　敏捷：215

スキル：「特殊進化」「言語理解」「詠唱破棄」「アイテムボックス Lv12」「鑑定 Lv11」

「思考加速 Lv12」「生命探知 Lv13」「魔力探知 Lv13」「敵意察知 Lv11」

「危機察知 Lv5」「体力自動回復 Lv10」「魔力自動回復 Lv11」「光魔法 Lv12」

「水魔法 Lv14」「時空魔法 Lv6」「重力魔法 Lv6」「猛毒生成 Lv12」

「麻痺毒生成 Lv8」「睡眠毒生成 Lv8」「混乱毒生成 Lv8」「痛覚耐性 Lv8」

「猛毒耐性 Lv12」「麻痺耐性 Lv8」「睡眠耐性 Lv8」「混乱耐性 Lv8」「瘴気《しょうき》 Lv8」

「飛翔 Lv5」「硬化 Lv6」

称　号：「転生者」「スキルコレクター」「進化者」「大物食い《ジャイアントキリング》」「暗殺者」「同族殺し」New!

種族：マジックビートル（変異種）
名前：なし
ランク：D　　レベル：1
体力：100/100　魔力：158/158
攻撃力：88　防御力：87
魔法攻撃力：164　魔法防御力：136　敏捷：124

スキル：「特殊進化」「言語理解」「詠唱破棄」「アイテムボックス Lv13」「鑑定 Lv12」

「思考加速 Lv13」「生命探知 Lv14」「魔力探知 Lv14」「敵意察知 Lv12」

「危機察知 Lv6」「体力自動回復 Lv11」「魔力自動回復 Lv12」「光魔法 Lv13」

「水魔法 Lv15」「風魔法 Lv5」New!「土魔法 Lv5」New!「時空魔法 Lv7」

「重力魔法 Lv7」「猛毒生成 Lv13」「麻痺毒生成 Lv9」「睡眠毒生成 Lv9」

「混乱毒生成 Lv9」「痛覚耐性 Lv9」「猛毒耐性 Lv13」「麻痺耐性 Lv9」

「睡眠耐性 Lv9」「混乱耐性 Lv9」「瘴気 Lv9」「飛翔 Lv6」「硬化 Lv7」

称　号：「転生者」「スキルコレクター」「進化者」「大物食い《ジャイアントキリング》」「暗殺者」「同族殺し」

第7話　魔法特化

僕はステータスを見て心の中でニヤリと笑う。体力や攻撃力、防御力は極端に下がってしまったが、初めての魔法特化型に嬉《うれ》しくて笑いが止まらない。ついでに進化の特典であるスキルレベルが必ず1上がるというのも地味にありがたい。しかも、今回は魔法特化型だからだろうか魔法のレベルの上がりがいい気がする。

さらに風魔法と土魔法まで覚えたようだ。これまた嬉しい誤算である。

食事は十分だし、まだお昼を回ったばかりだから、僕はまたグリーンワーム先生のもとへと飛び立つのだった。

進化する度にお世話になっているワーム先生。今日も今日とてせっせと雑草を食べている。ここのワーム達はどれだけ狩ってもいなくなる気配がない。どういう仕組みかはよくわからないけど、僕にとってはありがたい限りだ。

さて、今回は魔法特化型のようなので、魔法で倒させてもらおう。僕は覚え立ての風魔法と土魔法を使ってワーム達を倒していく。どちらもＬｖ５なので第五階位の〝エアカッター〟と〝ストーンニードル〟だけだ。

エアカッターは目に見えない空気の刃《やいば》を飛ばす魔法である。ウォーターエッジと似ているが、空気の刃は目に見えない。切れ味はウォーターエッジに劣るが、目に見えないというのはそれだけで大きなアドバンテージとなるのは間違いない。状況に応じて上手《うま》く使い分けていこう。

ストーンニードルは、全長二十センチメートルほどの尖《とが》った石を飛ばす魔法だ。ニードルと名前がついているが、氷柱《つらら》と言った方がイメージしやすいだろう。この手の魔法は一つ一つの威力は低いが、一度にたくさん展開できるのが魅力だ。発動が早いので隙も少ない。芋虫達を殲滅《せんめつ》するにはぴったりの魔法だ。

（おや？　今、何も倒していないのにいきなりレベルが上がったぞ？）

五匹目の芋虫を倒した後、何だか不思議なことが起こった。突如、レベルが一つ上がったのだ。変わったことといえば、エアカッターが一つ群れの奥まで飛んでいって、近くにあった小さな木の枝を折ったくらいだ。

（もしかして、あの枝の裏に小さな魔物でもいたのかな？）

もし、一匹の魔物でレベルが一つ上がったなら、こんなに効率のいい狩りはない。僕はその枝の裏を確認すべく近寄ってみた。

（これ、枝の裏にいたんじゃなくて枝に擬態していた魔物だな）

枝の裏には何もいなかったけど、どうやらこの枝と思っていたものが魔物だったようだ。しかし、この魔物は探知にかからなかったような気がする。その辺にたくさんいるなら、楽に経験値が稼げそうだ。少し探してみるかな。

僕は草原の隣にある小さな森へと入ってみる。そこで探知を使ってみたのだが、それっぽい魔物はかからなかった。この時点で芋虫狩りに戻ればよかったのだが、どうしてもこいつを倒したい僕は、それっぽい木の枝を片っ端から鑑定してみた。そして、一時間後……

種族　パーフェクトナナフシ
名前　なし
ランク　B
レベル　40
体力　72／72
魔力　72／72
攻撃力　7
防御力　7
魔法攻撃力　7
魔法防御力　7
敏捷《びんしょう》　7

スキル
擬態　Lv20

やっと一匹見つけた。この擬態というスキルがくせ者で、僕の探知にもかからなかったのだ。見た目も木の枝そっくりで、全然見分けがつかない。ステータスを見ると全く戦闘力がないから、見つけることさえできれば絶対に倒せるだろう。これ低レベルでも安全に経験値が稼げる最高の魔物じゃないのかな？　見つけられたらの話だけど。

何だかかくれんぼみたいで楽しくなってきた僕は、このパーフェクトナナフシを探すことにした……のだが、見つからない！　なんて隠れるのが上手いんだこいつは!?　全然動かないくせに、風が吹くと自然に揺れてみたり、それっぽくしなったりするみたいだ。ここで諦めたらなんだか負けた気がするから、頑張って探すのだが全く見つからないまま時間だけが過ぎ……段々とイライラが募ってきた僕は勢いに任せてやってはいけないことをやってしまった。

（辺りに瘴気《しょうき》を撒《ま》き散《ち》らしちゃえ！）

長らく使っていなかった瘴気を動き回りながら無差別に撒き散らした。その結果……

（僕はなんてことをしてしまったのだ……）

確かにレベルは上がった。擬態していたパーフェクトナナフシを何匹か倒せたのだと思う。しかし、その代償は大きかった。パーフェクトナナフシどころか、辺り一面木々は枯れ魔物も動物も等しく地面に転がり、ピクピクと痙攣《けいれん》している。それに、物凄《ものすご》い異臭が漂っていて各種耐性を持っているはずの僕でさえ身体《からだ》が痺《しび》れてきた気がする。まさか瘴気がこれほどの威力とは……

僕は生きとし生けるものが死に絶えた死の空間を創り出したことを後悔し、よっぽどのことがない限り瘴気は封印することを誓ったのだった。

何とも後味の悪いレベル上げになってしまったが、とりあえずレベルは25まで上がった。

ここからは森の北側でのレベル上げになる。一度拠点に戻った僕は嫌な出来事を忘れるために早々に眠ることにした。


翌朝目覚めてからすぐに森の北側へと向かう。狙うはCランクの魔物だ。生命探知と魔力探知を使いながら、ダークウルフやアングリーボアなどを見つけては、魔法で倒していく。風魔法や土魔法を積極的に使いながら、スキルを上げていくのも忘れない。途中、食事を挟み三日ほどかけて僕のレベルは40へと上がっていた。

体力、攻撃力、防御力は150を超え、魔力、魔法攻撃力、魔法防御力に至っては250を超えている。

(そろそろこの辺りでもレベルが上がりづらくなってきたな)

僕の今までのレベル上げの感じだと、森の北側の平均レベルはCランクの40といったところだ。実際僕はDランクなのだが、この辺りの魔物は余裕を持って倒すことができる。これはおそらく、僕の種族が変異種なのとスキルを引き継ぐことができるからだろう。通常のマジックビートルだとこうはいかないはずだ。何せ、森の魔物達は僕を見ると平気で襲いかかってくるからね。これは僕と同じ種族がいて、そいつらは僕ほど強くないことを意味している。

レベルというやつは格上と戦うとすぐに上がるが、格下相手だと極端に上がりづらくなる。つまりこれ以上レベルを上げたければ、もっと強いヤツと戦わなくてはならないということだ。

（そろそろアイツと戦うときがきたか）

僕の行動範囲は狭く、まだこの森から出たことがない。従って、レベル40以上の魔物がいる場所なんて一カ所しか知らない。そう、ここよりさらに北にある大きな山だ。あそこなら、レベル40以上の魔物がごろごろいるはず。だが、何も対策なしに突っ込んでまたレッドドラゴンが現れたらたまったものではない。僕にはまだレッドドラゴンを倒せるほどの実力はないのだ。あのときは運良く逃げることができたが、今度また逃げられる保証などない。今回は周辺にいるワイバーンを釣って、山から少し離れたところで戦おう。

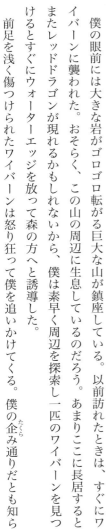

僕はワイバーンをどのように釣るかを考えながら、北にある山へ向かうのだった。

◇　◇　◇

僕の眼前には大きな岩がゴロゴロ転がる巨大な山が鎮座している。以前訪れたときは、すぐにワイバーンに襲われた。おそらく、この山の周辺に生息しているのだろう。あまりここに長居するとまたレッドドラゴンが現れるかもしれないから、僕は素早く周辺を探索し一匹のワイバーンを見つけるとすぐにウォーターエッジを放って森の方へと誘導した。

前足を浅く傷つけられたワイバーンは怒り狂って僕を追いかけてくる。僕の企《たくら》み通りだとも知らずに。

ワイバーンはドラゴン種ではあるが、下位の存在のためかそれほど知能は優れていない。僕の挑発にあっさり引っかかって追いかけてくるのが何よりの証拠だ。しかも、森の中は木々が生い茂っていて飛行するのにはあまり向いていない。ましてやワイバーンのように身体が大きければなおさらだ。

だが今追いかけてきているワイバーンはまさしく虫けらのような僕に傷をつけられ、余程頭にきているのだろう。僕を見失わないように低空飛行で追いかけてくる。そのせいで大きな木々は避《よ》けなければならないし、細い小枝は頭から突っ込んでいる。それが大きな隙を生むとも気づかずに……

レッドドラゴンが住む山からある程度距離を取ったところで、僕は逃げるのをやめ反撃に出た。ちょうど、ワイバーンが枝から伸びている葉に頭から突っ込んだ瞬間を狙って、真上からポイズンバレットをお見舞いする。

二発のポイズンバレットが背中に命中し、地面に叩《たた》き落とされるワイバーン。突然の攻撃に混乱しているようだ。続けて翼にストーンニードルを打ちつけて、地面に縫い付けてやった。杭《くい》のように刺さっているストーンニードルを引き抜こうともがくワイバーン。最早《もはや》ただの的に成り下がったワイバーンに、エアカッターを連続で当て続けた。

しばらくもがいていたワイバーンだったが、多量の出血と毒ですぐに動かなくなった。

（よしよし、この調子でワイバーンを狩っていこう）

僕の作戦は見事に成功し、この後も釣れたワイバーンを片っ端から魔法で倒していくのだった。

北の山の周辺でワイバーン狩りを続けて三日ほど経《た》った。レッドドラゴンにも襲われず、順調に狩りを続けていたが、僕のレベルが50になったところでワイバーンを狩ってもレベルが上がらなくなってしまった。ここでの狩りもそろそろ打ち止めかと思ったそのとき、いつもとは違うワイバーンが僕の前に現れた。

種族　ワイバーン（変異種）
名前　なし
ランク　Ｂ＋
レベル　55
体力　３４８／３４８
魔力　２２６／２２６
攻撃力　３０５
防御力　２７６
魔法攻撃力　２９９
魔法防御力　２０９

敏捷　２４３

スキル
生命探知　Ｌｖ７
飛翔《ひしょう》　Ｌｖ16
咆哮《ほうこう》　Ｌｖ13
ブレス（風）Ｌｖ12
風魔法　Ｌｖ11
風耐性　Ｌｖ11

深緑色をしたワイバーンは、どうやら変異種のようだ。今まで倒してきたワイバーンよりも身体が一回り大きく、レッドドラゴンには及ばないがステータスもかなり高めだ。攻撃力や防御力はもちろん、敏捷まで負けている。一瞬、逃げ出すことも考えたがどうやらそうもいかなくなってしまった。すでにヤツの目は僕の銀色の姿を捉えていたからだ。

向こうが気がついたなら仕方がない。僕は今までのように森へと誘い込むように動いた。

だが、ワイバーンの変異種は森の中には入ってこず、上空から追いかけてくる。木々に隠れて僕の姿は見えないはずなのに、やけに正確に距離を詰めてくると思ったので、改めてステータスを確認して納得した。

（くそ、生命探知を持ってるのか）

変異種は生命探知のスキルを持っているので、姿が見えなくても僕の居場所は手に取るようにわかるのだ。しかし、生命探知を持っているのは僕も一緒だ。僕は追いつかれる前に一発かましてやろうと思い、生命探知で捉えた変異種に向かってポイズンバレットを三連発で放ってやった。

今まさに僕に襲いかかろうと高度を下げていた変異種は、カウンターのような形で放たれたポイズンバレットを錐揉《きりも》み回転で回避しようとした。一発目と二発目はギリギリ回避したようだが、三発目はそうはいかなかったようだ。前足を掠《かす》めたせいでバランスを崩し、木々の中へと突っ込んでいくワイバーン。打ち落とすことに成功はしたが、残念ながら毒状態にすることはできなかったようだ。

それでも、落下の衝撃で少しは体力を削ることができたみたいだからよしとしよう。

僕はすぐさま変異種の落下地点に向かうが、やはりそれほどダメージを与えられておらず、ワイバーン変異種はすでに体勢を立て直し怒りの咆哮を上げていた。

お互い生命探知持ち同士なので隠れていても意味はないが、ブレスを防ぐためにも木々で視界を遮りながら変異種へと近づいていく。そんな僕にお構いなしにワイバーンは大きく口を広げた。

（ブレスか!?）

ブレスの軌道を見極めようと反射的に身構える僕。しかし、その目に何も映らない。不発なのかと思ったが、魔力感知がすごい勢いで飛んでくる何かを捉えていた。

（しまった！　この変異種、風属性だった！）

このワイバーンの変異種は、ブレス（風）を持っている。つまり、吐き出すブレスは風の塊だったのだ。よく見れば空気が歪《ゆが》んでいるのがわかる。すぐに回避行動に移るが、躱《かわ》しきれずに弾《はじ》き飛《と》ばされた。

（ぐぅぅぅ）

風のブレスに弾き飛ばされた僕は、すぐ横にあった木にぶつかる。その隙に変異種は風魔法第四階位〝エアショット〟を放ってきた。先ほどのブレスより大きさは小さいが、遙《はる》かに高密度の風の塊が連続して打ちつけられる。木々をなぎ倒して吹き飛ぶシルバーボディ。

しかし、魔法の直撃を受けた僕だが、逆にこれが魔法の攻撃でよかった。変異種の攻撃力は僕の防御力を遙かに超えているが、魔法の攻撃なら話は違う。僕の魔法防御力は変異種の魔法攻撃力よりも高い。衝撃で飛ばされはしたがダメージはそれほど受けていない。硬化と痛覚耐性のスキルがいい役目を果たしてくれた。

僕はすぐさま反撃に出る。近接戦に持ち込まれては勝ち目がないからだ。距離が離れた今こそ、魔法で攻撃するチャンスなのである。ワイバーン変異種は風耐性を持っているから風魔法は無駄だな。

（シャイニングアロー！）

僕が持つ魔法の中でも最も発動と速度が速い光魔法第四階位〝シャイニングアロー〟。チカッと光ったと思ったらすでに変異種の肩に光の矢が刺さっていた。

(思った通り魔法での攻撃は有効だな)

シャイニングアローでつけた傷にポイズンエッジを撃ち込む。傷口から猛毒を流し込む作戦だ。

シャイニングアローに撃たれ怯《ひる》んだ変異種に、二発目のポイズンエッジが傷口に命中した。

(よし、猛毒状態になったな)

猛毒状態にしてしまえば、後は時間を稼げば倒せるだろう。しかし、その前に特攻されて逆に倒されてしまっては意味がない。敏捷は向こうの方が上なのでこのまま逃げ回るのは得策ではないということだ。時間を稼ぐ意味でも、攻撃の手を緩めるべきではないな。

僕はさらにウォーターバレット、ストーンニードル、シャイニングアローを繰り出す。凄《すさ》まじい数の魔法の連撃にさすがの変異種も身動きが取れないようだ。さらに僕の魔法でどんどんと傷が増えていく。

「ガァァァァァ！」

大きな断末魔の声を上げたワイバーンの変異種は、傷だらけの身体を地面に横たえた。

(ふう、危なかった。変異種が最初から魔法じゃなく物理攻撃で仕掛けてきていたら立場は逆だったかもしれないな)

死んでいるのを確認し、アイテムボックスに収納する。

変異種のレベルは55。この一匹を倒すだけで僕のレベルは三つ上がり53となった。やはり格上との戦闘は経験値がおいしい。しかし、レッドドラゴンを除けばこの辺りで一番レベルが高いのはワイバーンだ。変異種がそうたくさんいるわけもないだろうから、そろそろこの辺りでのレベル上げも考えなくてはならない。山の中にはもっと強い魔物がいるかもしれないが、さすがに毎度レッドドラゴンが出てきてもらっては困る。

(そろそろ、別の場所に移動してもいいのかもしれないな)

この場所に転生し、数々の死闘を乗り越えてきただけに愛着も湧いているのだが、僕の崇高なる目的のためにもいつまでもこの森の中にいるわけにはいかない。もっと世界を見てまわり、ゆくゆくは人間の社会に紛れ込めるようになりたいと思っている。今の姿では少々難しいかもしれないが、僕には特殊進化のスキルがある。このまま進化を続ければ、いつかは人間社会で生活できる身体を手に入れることができるはずだ。

僕はいったん拠点に戻り、当面の食事のために樹液を大量にアイテムボックスに詰め込んで、転生してからちょうど百日目に、故郷の森を旅立ったのだ。

◇　◇　◇

生まれ故郷、いや転生故郷を後にして僕はとりあえず南へと向かった。以前、ミアズマの姿だったときに一度冒険者達に出会っている。その際、冒険者の跡をつけることで街道を見つけたので、その先に人が住む街があると確信しての行動だ。

ミアズマのときは一週間ほどかかった道のりも、飛翔で飛べばたった二日で街道までたどり着いた。それから僕は、街道に沿って南西の方へと飛んでいく。街道近くということもあるので、人間に見つからないようにかなりの上空を飛んでいった。そのまま半日ほど飛んでいくと、前方に木の柵で囲われた街……というかどう見ても『村』レベルの集落が見えてきた。

そのまま空の上から生命探知で村の様子を確認する。どうやらこの村には、人間が百人ほど住んでいるようだ。お年寄りが多いようだが、若者や子どももそれなりにいる。

（しばらくこの村の近くで情報収集をしてみようかな）

そう考えた僕は、村のすぐ近くの森へと降り立った。

森に降り立ってすぐに生命探知に魔物がかかったのを確認する。どうやらフォレストウルフの集団が、すぐ近くに住み着いているようだ。しばらくここで情報を集める予定の僕には、少々邪魔な集団になるだろう。ここは僕が一肌脱いで倒しておこうか。

となれば行動は早い方がいい。すぐに僕は十匹ほどいたフォレストウルフを風魔法と土魔法で蹴散らす。あっさりとフォレストウルフを全滅させた後、僕は樹液を出す木を探し食事場所を確保した。

森の中と言っても村はすぐ近くにあるので、木にとまって休んでいると時折村人と思われる人達を見かける。彼らは薬草や木の実を採集し村へと帰っていく。彼らの話を盗み聞きし、村の名前が『マイラ』であること、ここから西に『ウェーベル』という街が、南には『モーリス』という街があることがわかった。

さらには以前ミアズマだったときに出会った冒険者の姿も見かけた。剣士のエリックと盾士のトマス、魔術師のメアリーに治癒士のヘレンという名前だった。

彼らは西の街ウェーベルを拠点としている冒険者であるが、四人ともこの村出身のようで時々この村から出される依頼を受けては、周辺の魔物達を狩っているようだ。ランクはまだFらしく、まだまだ戦力としては物足りないが、ここのような辺境の村に来てくれる冒険者などは滅多《めった》にいないようで、村人達にとってはありがたい存在らしい。

彼らはフォレストウルフ討伐のクエストを受けてきたみたいだが、肝心のフォレストウルフを見つけられなくて首をかしげていた。

ごめんなさい。僕が来て早々に退治してしまいました。

このままだと彼らも困ってしまうだろうから、帰り道にフォレストウルフ十四の死体を置いておいた。彼らは突然現れたフォレストウルフの死体に大層驚いていたが、村人達に脅威が去ったことを伝えるためにも死体を持ち帰ることを選択したようだ。

◇　◇　◇

この森に来てから一週間が経った。時折採集に来る村人や定期的に見回りしているエリック達の会話から、この世界のことが段々とわかってきた。ここはグルーバル大陸の最北端に位置するようだ。この辺りを治めているのは『ヴェルデリン王国』という国らしく、この大陸の北側半分を支配下に置いているようだ。ちなみに南側半分は『トロンバレン共和国』という国の領土だそうだ。

しかし、時折村人やエリック達が現れるとはいえ、魔物がいる森の中にそれほど頻繁に来るわけでもなく、何とか情報を手に入れたい僕は、段々と村の近くの木にとまるようになっていった。一応、かなり高い位置にとまるようにはしていたから、そうそう見つかることはないと思っていたのだが……

「おい、あの木の上に何かいるぞ！」

何やら下の方から元気いっぱいの声が聞こえてきたので目を向けると、小学生くらいの集団がこちらを見上げているのが見えた。

「うわっ！　ほんとだ！　あれカブトムシじゃねぇ？」

その中の一人が僕の方を指差している。

どうやら村の子ども達が森の中を探検しに来たようだ。しかし、村から近いといってもここだって立派な森の中だ。魔物が出る確率だって0％ではない。よく大人達が許したものだな。

「ねぇねぇ、もう戻ろうよ。あのカブトムシだって何かおかしいよ。だって、あんなに高いところにとまってるのにこんなにはっきり見えるなんて、すっごく大きいってことじゃない？　魔物かもしれないよ？」

男の子達が興奮して指を差したり、木を蹴って僕を落とそうとしている中、女の子達は意外と冷静にこの状況を分析していた。どうやらこの世界でも女の子の方が成長が早いみたいだ。

「そろそろ帰ろうよ。大人達にバレたら怒られちゃうよ」

別の女の子の言葉から察するに、この子達は大人達に内緒でこの森に探検に来たようだ。この世界の常識を考えるとなかなかに危険な行動のような気もするが、まあ今はここに僕がいるから大丈夫だろう。魔物が寄ってきても、この辺りなら魔法の一撃で倒せる程度だから。

女の子達の心配を余所《よそ》に、男の子達の興奮は収まることがない。わかるよ、その気持ちは。僕も小さい頃はカブトムシやクワガタムシに夢中になったからね。それにリーダーっぽい男の子なんて、女の子達の前でいい格好《かっこ》したいのか、『大丈夫。何かあっても俺が守ってやる！』なんて言ってるし。

男の子達は一頻《ひとしき》り騒いだ後、どうやっても僕を落とすことができないとわかって名残惜しそうに村へと帰っていった。その後ろ姿を見て、『もしかして、子ども達の話を聞いた村の大人達が確認に来るかもしれないな』と心配になったが、まあそのときは逃げればいいかと考え直す。

だが、僕の心配を余所に大人達は一向に来る気配がなかった。むしろ、あれから毎日子ども達がやってくる。しかも毎度同じ時間に。そんな日が何日も続くもんだから、僕も何となくその時間はいなきゃいけない気がして、今日も朝から木にとまっている。

とはいっても、この子ども達から結構情報を貰《もら》っているから持ちつ持たれつなんだよね。最初は警戒していた女の子達も、だんだんと慣れてきたのか今となっては男の子達と一緒に僕を捕まえようと躍起になっている。ただ、さすがに二十メートル以上もある木の上にとまっている僕を捕まえられるわけがない。子ども達は一通り騒いだ後、いつも通り村へと帰ると思いきや、彼らは何か別のものを見つけたのか、みんなが一点を見て興奮している。

（どれどれ、あそこに何かいるのかな？）

子ども達の見つめる先が、他の木々が邪魔になって見えないので生命探知で確認する。

種族　幻惑蝶《ちょう》
名前　なし
ランク　E
レベル　22
体力　51／51
魔力　45／45
攻撃力　41
防御力　29
魔法攻撃力　39
魔法防御力　33
敏捷　42

スキル
飛翔　Lv6
鱗粉《りんぷん》　Lv5

（うぉぉい！　まだこんな魔物が近くにいたのか!?　ってか子ども達興味津々じゃん！）

カブトムシと違って、綺麗《きれい》な蝶々は女の子達からの人気も高いようだ。最初は僕には大して興味を示さなかった女の子二人が率先して追いかけている。あの蝶がちょっと羨ましい。

（ひょっとしてこれはあれか？　僕がワームを選択していたら進化先にいたのでは？）

と思わなくもないが、僕は結構この姿が気に入っているので後悔はない。

それよりも気になって生命探知の範囲を広げると別の危険を察知した。

（これはまずい。あの幻惑蝶が飛んでいった先には別の魔物がいるな。もしかして、あの蝶は獲物を自分より強い魔物に倒させて、おこぼれを狙うタイプなのかもしれない）

僕は幻惑蝶が飛んでいった先に、もっと強い魔物がいるのを探知してしまったのだ。

種族　ポイズンスパイダー
名前　なし
ランク　E＋
レベル　31
体力　98／98
魔力　49／51
攻撃力　76
防御力　54

魔法攻撃力　48
魔法防御力　44
敏捷　87

スキル
粘糸　Lv8
毒牙　Lv7

　子ども達だけなら、正直あの幻惑蝶でも十分全滅させられそうなもんだけど、こいつ結構知性があるようだ。村の近くだと大人達がすぐにやってくるのを知っているのだろう。自分に興味を持ちそうな子どもを狙って、森の奥まで連れていく。そして、あえて強い魔物のもとへ連れていくことで他の魔物に横取りされるのを防いでいるのだ。この幻惑蝶とポイズンスパイダーは明らかに共生しているっぽい。

（しまったなぁ、この辺の魔物はほとんど狩り尽くしてしまったから油断していた。いつの間にか、こんな魔物が近くに来ていただなんて）

　そうこうしているうちに、子ども達はどんどんと森の奥へと入っていく。全く手の届かないところにいる僕より、手を伸ばせば届きそうなところをふらふら飛んでいる幻惑蝶に夢中になってしまっている。

(仕方がない。元人間としては子ども達が魔物に襲われるのを黙って見ているわけにはいかないからな)

僕は静かに飛び立つと、子ども達の後を追いかけた。

しばらく子ども達の跡をつけていると、二本の大きな木が並んで立っている場所へと着いた。村からはかなり離れているので、ここで子ども達が叫んでも大人達には何も聞こえないだろう。というか、あれほど騒がしかった子ども達だが、いつの間にか大人しくなっていた。おそらく、幻惑蝶のスキルである鱗粉の効果だと予想する。目が虚《うつ》ろだし、子ども達の周りにはキラキラした粉みたいのが舞っているしね。

二本の木の間には大きなクモの巣が張られており、その真ん中に体長二メートルはあろうかという巨大なクモがいた。鋭いあごをカチカチと鳴らし、まるで獲物を連れてきた幻惑蝶を褒めているようだ。四つある目玉はギョロギョロとそれぞれが好き勝手に動いている。これはもう鳥肌ものの気持ち悪さだ。

さて、このままだと子ども達はポイズンスパイダーと幻惑蝶に食べられてしまいそうだ。僕はまず幻惑蝶に狙いを定め、木の上から急降下した。

鱗粉を撒くことに夢中になっていた幻惑蝶は、上から突撃してきた僕に気がつくのが遅れ、その身を角で串刺しにされた。角に幻惑蝶が刺さったままになっていたので、ブンッと頭を振ると幻惑

蝶は二本の木の間に向かって飛んでいき、クモの巣にかかった。ポイズンスパイダーは嬉しそうに巣にかかった獲物に近づき、そのままムシャムシャと食べ始める。

どうやらポイズンスパイダーの強さは幻惑蝶より上でも、知性はあまり高くないようだ。目の前に敵がいるというのに、お食事に夢中になっている。しかも、先ほどまで共生していたであろう仲間を食べているのだ。

子ども達はまだ夢の中にいるようなので、心置きなく力を振るうことができる。とはいっても、本気で戦うような強さの相手でもない。エアカッターで八本の足を斬り捨てると、地面にボテッと落ちてしばらくピクピク痙攣した後動かなくなった。

幻惑蝶が死んだので、鱗粉もすでに晴れている。子ども達の意識が戻るのも時間の問題だろう。一応僕も鱗粉の中にいたけど、ステータスのおかげかあまり影響は受けなかったようだ。それどころか、スキル欄に「幻惑耐性　Ｌｖ１」の文字まで見える。知らないうちに耐性スキルを獲得していたみたいだ。それから僕は子ども達が目を覚ます前に飛び立ち、高い木の上で様子を見ることにした。

「う、うーん。どこだここ？　頭がボーッとする……」

リーダーっぽい男の子が一番初めに気がついたようだ。段々と意識がはっきりするにつれ、今の状況を理解し始めたのだろう、慌てて残りの子ども達の肩を掴《つか》んで揺さぶり始めた。

「わっ!?　なんだあれ？」

四人とも意識を取り戻した後、周囲の状況を確かめていた彼らはすぐにポイズンスパイダーの死骸を発見した。

「もしかして私達、あの蝶々に連れてこられてエサにされかけてたんじゃない？」

「やだ、怖い。おうちに帰りたい」

女の子二人は肩を抱き合って震えている。意識を取り戻したことで、恐怖の気持ちが湧いてきたんだろう。

「でも見てみろよ。あの大きなクモ、足がバラバラになってるぜ。あんなの村の大人達だってできやしないぞ。いったい誰がやったんだ？」

リーダー格の男の子が呟《つぶや》くが、誰も答えられる者はいない。かと思いきや……

「カブトムシだよ。あの銀色のカブトムシ。だって、僕らが蝶々を追いかけてるのを見てたのは、あのカブトムシしかいないもん！」

驚いた。子どもの洞察力もバカにできないな。合ってるじゃないか、あの子の言ってることは。さすが、僕を発見しただけあるな。

さらに、彼が言ったことは意外にもみんなに受け入れられていた。子どもだから変な先入観がないからだろうか。大人なら『そんなバカなことがあるか』と一蹴しそうなもんだが。

それから彼らは帰る方向を探し始めた。幸いにも四人が歩いてきた足跡がまだ残っていたので、その問題はすぐに解決したようだ。

ここでリーダー格の男の子が、とんでもないことを言い出す。

「なあ、あのクモの足持って帰ろうぜ！」

なんと、ポイズンスパイダーの足を持って帰ろうと言い出したのだ。当然、女の子達は大反対していたのだが、リーダー格の男の子の『売ったらお金になるかもしれないぜ』という言葉の直後、二人で顔を見合わせて黙って足を拾い上げていた。どうやら異世界の女の子は、思ったより強《したた》かだったようだ。

みんな両手に一本ずつクモの足を持ち、来た道を戻っていく。草が生い茂っているところは、クモの足を鎌がわりに使って刈っていた。なんとも逞《たくま》しい子ども達だ。

この辺りにはもう魔物はいなかったので、小一時間歩いたところで無事に彼らは村にたどり着いた。いなくなった子ども達を探しに来ていた大人達が大慌てで彼らに駆け寄る。

子ども達もそれを見て大人達に向かって走り出したのだが、手に持ってる巨大なクモの足を振り回していたため、大人達がびっくりして逆に逃げ出してしまうという、何というかコントみたいな再会だった。

何はともあれ、子ども達が無事戻ってきたことで大人達はホッとしていたようだ。この後は説教やら尋問が待っているだろうが、それで死ぬことはない。彼らの無事を見届けた後、僕もいつもの場所に戻ることにした。

～ｓｉｄｅ　カイル～

オレの名前はカイル。このマイラの村に住んでいる。年齢は十歳で同じ歳《とし》の友達が三人いる。いつもおどおどしてるけど、虫のことになると急に元気になるロック。普段は大人しいけど怒らせると怖いヘレナ。身体も小さく怖がりなマリー。いつもだいたいこの四人で遊んでいる。遊ぶと言ってもこの村には遊ぶところなんてないから、冒険者ごっこや虫取りばっかりしてるけどな。物心ついてから、毎日代わり映えのしない生活だったが、昨日だけは違った。あれは一生忘れられない体験になったんだ。

事の始まりは数日前、オレ達が禁止されている村の外に出て、いつも通り虫探しをしていたときのことだ。普段はそれほど遠くまで行かないんだけど、この日は違っていた。

この村出身の冒険者のエリック兄ちゃん達が村周辺の魔物退治に来てくれていて、村周辺の魔物達が減っていると聞いていたから、少しだけ奥まで行ってみたんだ。

そこで虫好きのロックが高い木の上にカブトムシがとまっているのを見つけた。銀色の珍しいカブトムシだ。すごく高いところにとまっているのに、はっきりとその姿を見ることができた。たぶん、すごく大きいカブトムシだったんだと思う。

何とか捕まえようと頑張ったんだけど、すんごい高いところにとまっているからどうしようもなかった。怖がりのマリーがびびっていたし、ヘレナが大人達に怒られるから帰ろうと言い出したから、とっても名残惜しかったけど帰ることにした。まあ、何かあってもオレが守ってやるつもりだったけどな！

このカブトムシ、なぜか毎日同じところにいるから、次の日から四人でこのカブトムシに会いに来るのが日課になったんだ。このカブトムシのところに来ると、虫好きのロックがいっつも嬉しそうにしているから、それを見るマリーも楽しそうだ。うしし、マリーのヤツ絶対ロックのことが好きだぞこれは！　ヘレナにそれを教えてやったらなぜか頭を叩かれちまった。うん、女の子はよくわからない。

そんな日がしばらく続いた後、昨日あの事件が起こったのだ。

いつものように銀色のカブトムシを見ていたら、すごく綺麗な蝶が現れて夢中で追いかけていたら、みんな意識を失ってふらふら森の奥の方へ歩き始めたんだ。もちろんオレも……

そして次に目を覚ましたときにオレ達は見たこともない森の中にいたんだ。いつもの大きな木の前じゃなくて、腰の高さくらいまで草が生い茂っていて、木もたくさん生えているところに。

オレはすぐに倒れていた三人の肩を揺らして起こした。意識を失ってふらふらしていた割には、全員近くにいてくれてホッとしたよ。それでもヘレナが倒れているのを見たときは、マジで焦っちまったけどな。これはヘレナには内緒だけど。それから四人で辺りを確認したんだけど、それを見つけたときには本当に背筋が凍る思いをした。

オレ達が追いかけていた大きな蝶の死骸と、でっかいクモの魔物がバラバラになって落ちていたんだ。虫好きのロックが『あの蝶々に誘われてクモに食べられるところだったかもしれない』と言ったときには、正直、ちょっとちびりそうになっちまったぜ。まさしくそんな状況だったからな。

その後、ロックがオレ達を助けてくれたのは銀色のカブトムシだって言ったときには『何でオレが先に気がつかなかったのか!?』と悔しい思いをしちまった。だって、ヘレナとマリーもそうかもしれないと感心したように頷《うなず》いていたから、ちょっとロックに嫉妬しちゃったんだ。

それで、オレ達を助けてくれたのがカブトムシだって結論になったところで、四人で帰る方向を探したのさ。幸い、オレ達がつけたであろう足跡が見つかったから、帰る方向はすぐにわかった。その先の草も倒れていたからね。

それから村に帰ろうとしたときに、ふと目についたポイズンスパイダーの足をオレの提案で持って帰ることにした。魔物の素材だから売ってお金にできるんじゃないかと思ったんだ。ふふふ、よく気がついた、オレ。ヘレナ達も手に入るかもしれないお金の使い道で盛り上がってる。オレもお金が手に入ったらヘレナにプレゼントを……

みんなまだ手に入ってもいないお金のことを想像してるのか、全員がにやにやしながら小一時間ほど歩いて、ようやく村に着いた。後は大人達に説教されるのを耐えるのみだったな。

オレ達が村に着いたとき、大人達は大騒ぎしていた。どうやら、オレ達がいなくなったのを知って、みんなで捜していたみたいだ。

村人の一人が森から帰ってきたオレ達を見つけ、駆け寄ってきたが、なぜかすぐに逃げ出した。原因は手に持っているおどろおどろしいクモの足だったようだ。

それでもすぐに他の大人達が集まってきて、『怪我《けが》はないか』とか『どこに行ってたんだ』とか聞かれた。オレのかーちゃんが来て抱きしめられたときは、ちょっと恥ずかしかったな。でも、あのときになって、自分が死んでいたかもしれないと冷静に考えたら怖くなってちょっぴり泣いちゃったのは、他のヤツらには内緒だ。

一通り無事が確認されたら、次はみんなからのお説教祭りだった。オレ達はとーちゃん、かーちゃんはもちろん、村長さんやエリックの兄ちゃん達にまでしこたま怒られた。まあ、オレ達が悪いんだから仕方ないけど……

説教祭りが終わった後は、オレ達四人はぐったりしていたが、ポイズンスパイダーの足の話になった途端息を吹き返したように元気になった。なにせエリックの兄ちゃんの話によると、ポイズンスパイダーはEランクの魔物で、エリック兄ちゃん達のパーティーでも勝てない相手だそうだ。

その足というか軽くて丈夫な爪に価値があるらしくて、少なくとも一本銀貨五枚で買い取ってもらえるそうだ。それが八本あるということは銀貨四十枚。四人で分けても銀貨十枚。つまり大銀貨一枚分だ。オレのおこづかいは一ヶ月で銅貨五枚だから、二十ヶ月分のおこづかいと同じだけの価値があるのだ。

ただ、この村には冒険者ギルドなんてないから、エリックの兄ちゃん達がその場で買い取ってくれて、ウェーベルの街で売ってくれることになった。大銀貨を四枚もポンッと出せるなんて、冒険者って儲《もう》かるんだな。

オレ達は思わぬ大金に、怒られたばかりだというのに大はしゃぎしてしまった。特にヘレナとマリーは『これで他の女どもと差をつけられる』とかなんとか、悪い笑顔で呟いていた。俺も帰り道で考えていたことが実現できそうだと思って、にやっと笑っちまったぜ。

最後にオレ達を助けてくれたと思われる銀色のカブトムシの話をしたんだけど、大人達は誰も信じてくれなかった。仕方がないから、今朝、カブトムシがいつもとまってる木に大人達を連れていったんだけど、今日に限ってカブトムシはいなかった。

だから大人達には信じてもらえなかったけど、それはそれでいいと思う。オレ達四人だけの秘密ということで。

これがオレ達四人の一生忘れられない冒険の話だ。

◇　◇　◇

僕は子ども達を助けた後、念のためにいつもとは違う木にとまっていた。子ども達の様子から僕のことを大人に話している可能性が高いと思ったからだ。

案の定、次の日子ども達は大人達をぞろぞろと連れて現れた。近くの木にとまっていた僕はその様子を見つからないように眺めている。僕がいつもの場所にいないことに慌てた子ども達が、一生懸命身振り手振りで大人達に説明し始めた。だが、やっぱり大人達は子ども達の言うことを信じていないようだった。僕も目立ちたくはないからそれでいいと思う。

それから、村人達とエリック達の会話からエリック達のパーティーが近々拠点としている街に帰ることがわかった。どうやら村の周辺の魔物達がいなくなったかららしい。元々、フォレストウルフを中心とした魔物達を退治しに来たのだろう。だが、僕が全部狩り尽くしてしまったため仕事がなくなってしまったようだ。心の中で謝っておこう。ごめんなさい。

彼らは二日後に出発するようなので、僕もこっそりと跡をつけさせてもらうことにした。この村で集められる情報はもうなさそうだし、そろそろレベル上げも再開しなければと思っていたからちょうどよかった。

そして二日後……

「あー、どういうわけかフォレストウルフも狩られてたし、他の魔物もぜんっぜん見当たらないから俺達はウェーベルに戻ることにするわ」

冒険者のエリックが村の入り口で、村長っぽい老人にそんな話をしているのが聞こえてきた。今一度、心の中で謝っておこう。ごめんなさい。

「ふむ、確かに村周辺の魔物はめっきり減ったようじゃから、問題なかろう。じゃが、また魔物が増えたら依頼を出すから頼んだぞ」

エリックの会話の相手は、やはり依頼を出した村長さんのようだ。

エリックは村長の申し出を笑顔で引き受け、仲間とともに村を後にする。

彼らは村を出た後、街道を西に向かって歩き始めた。まだまだ冒険者としてはそれほど稼いでいないのか、エリック達は馬車などではなく徒歩で野宿をしながら街を目指していく。

街道と言っても決して安全な道ではないようで、道中もかなり警戒して歩いているようだし、野宿するときも必ず見張りを立てている。ただ、その見張りがうつらうつらしてしまっているのが、彼らの冒険者ランクの低さを表しているのかもしれない。とりあえず、彼らに死なれても寝覚めが悪いので、夜中に近づいてくる魔物は僕が倒しておいた。おかげで、寝ながら生命探知を使うことを覚えたよ！

そんな旅を一週間ほど続けて、ようやくウェーベルの街とやらが見えてきた。この世界の街と街の間はなかなかに距離が離れているようだ。しかし隠れて様子を見ているとはいえ、一週間も一緒に旅をしていると、最後の方は彼らが仲間のように思えてきてしまっていた。いつか本当の仲間とともに旅をしてみたいものだと思ってしまうくらいに。

そんな感傷に浸りつつ、エリック達に心の中でお別れを言い、一足先に街の方へと飛んでいった。もちろん街には入れないので、周辺で拠点にできそうな場所を探すために。

◇　◇　◇

ウェーベルの街はマイラの村とは比べものにならないくらい大きな街だった。街の周りは五メートルほどの高さの土の壁で囲まれており、その土壁が視界の限り続いている。

鑑定で見てみると、土魔法で作られていることがわかった。いったいどれだけの人員と時間とお金を費やしたのか想像もできない。エリック達の会話からそれなりに大きな街だとは思っていたが、これは予想以上だな。一通り街の周りを飛んでみたが、それだけで数時間ほどかかってしまうくらいの大きさだ。

円形の街は北側が森になっており、その先に洞窟の入り口のような穴が存在する。そこには二人の衛兵が槍《やり》を持って立っており、中に入る人をチェックしているようだった。その入り口の周りには露店がいくつもあり、商売が行われているようだ。森の中とは思えないほど活気に満ちあふれているこの場所はいったい何なのだ？

近くの木にとまり聞き耳を立てていると、この洞窟は地下迷宮《ダンジョン》と呼ばれていることがわかった。地下迷宮《ダンジョン》とは、女神が作ったとも魔神が作ったとも言われ、中では魔物が自然に生まれてくるらしい。

ただし、その魔物が地下迷宮《ダンジョン》の外に出てくることはほとんどなく、それどころか奥に進むにつれだんだんと魔物が強くなっていく性質があるらしく、冒険者達のレベル上げの場所になっているそうだ。

特にここの地下迷宮《ダンジョン》は『始まりの迷宮』と呼ばれ、初心者向けの地下迷宮《ダンジョン》として有名らしい。

この地下迷宮《ダンジョン》がある影響で、ウェーベルの街は駆け出しから中堅にかけての冒険者達が多く暮らしている。そして、彼らを目当てとした商人達も集まってきているため、ウェーベルの街は地下迷宮《ダンジョン》のおかげで発展してきた街のようだ。

（それであれほど大きな街になったというわけか）

僕はこの『始まりの迷宮』とウェーベルの間の森を拠点とすることに決めた。ここで少し情報を集めながら、隙を見て地下迷宮《ダンジョン》に突入してみようと考えたのだ。

なぜなら、地下迷宮《ダンジョン》の中なら効率よくレベル上げができそうだし、進化して一時的に弱くなったとしても、浅い階層に戻れば比較的安全にレベル上げを再開できると思ったからだ。そして、この計画を完璧に遂行するためには、もう少し地下迷宮《ダンジョン》の情報を集めなくてはならない。

僕はウェーベルと地下迷宮《ダンジョン》を結ぶ道のちょうど中間地点から、生命探知がぎりぎり届くところに寝床を確保した。冒険者が集まるということは、探知スキルを持っている者がいるかもしれないからね。逆に起きているときは、地下迷宮《ダンジョン》の入り口近くで見つけた大きな木のてっぺんで情報を集めることにした。ここなら見つかってもすぐに逃げられるし、周囲に魔物もそれなりにいるから目立つこともないだろう。

ウェーベル北の森に拠点を構えてから、五日間ほど情報収集に努め、ようやく地下迷宮《ダンジョン》の情報が集まった。後は、衛兵達の隙を突いて入り込むだけなのだが、なかなかその機会はやってこなかった。そして、さらに二日経ったある日、ついにそのチャンスが来たのだった。

「ちょっと待てよ、てめぇら！　俺達の獲物を横取りしやがって！」

「あぁ!?　ふざけんなよ！　いつ俺らが貴様らの獲物を横取りしたってんだよ？」

いつも通り、洞窟の入り口を見張っているとある日の夕方、露店の前でパーティー同士のいざこざが起きた。

「何とぼけたこと言ってんだよ！　五層で俺達が戦ってたジャイアントバットを横からかっさらっていきやがっただろう！」

「貴様らこそとぼけんなよ！　貴様らは戦ってたんじゃなくて逃げてたんだろうが！　逆に助けてくれてありがとうぐらい言えねぇのかよ？」

「はぁぁぁ!?　ありゃ逃げてたんじゃなくて、誘い込んでたんだよ！　そんなこともわかんねぇのかよ？　この雑魚《ざこ》が！」

　というような感じで二組のパーティーのリーダーが言い争っていたのだが、だんだん興奮してきた二人はついに武器を抜き、近くで睨《にら》み合っていたメンバー達もリーダーを止めるどころかそれに続いたのだ。

　周囲で事の成り行きを見物していた他の冒険者達は、その様子をニヤニヤしながら見ているだけで、止める気配はない。慌てて近くにいた衛兵達が止めに入るが、興奮している彼らを抑えることができなかった。

　リーダーの男達が剣をぶつけ合ったのを皮切りに乱闘が始まった。

　その場にいる衛兵だけでは抑えきれないと思ったのだろう、入り口でチェックしていた衛兵の一人が加勢に行った。その場に残ったもう一人の衛兵も、乱闘騒ぎに気を取られている。

（今しかない！）

　僕はこのチャンスをものにすべく、上空から静かに舞い降り気づかれないよう地下迷宮《ダンジョン》に侵入を果たした。

地下迷宮《ダンジョン》の中は、ちょっと広めの洞窟といった感じだった。浅い階層は冒険者達がたくさんいるので、生命探知と魔力探知をフル活用して彼らに会わないように移動する。何せ、今の僕は魔物なもんだから討伐対象のはずだ。こんな逃げ場の少ないところで余計な戦闘はしたくない。というか人間相手に戦いたくないというのが本音だ。

幸い、浅い階層の魔物はGランクやFランクばかりなので、簡単に蹴散らしながら下の階層を目指すことができた。

この地下迷宮《ダンジョン》は魔物の強さはそうでもないが、一階層、一階層が無駄に広く、一つ階層を下がるのにおおよそ一時間ほどかかっている。ちょっとだるい。

地下迷宮《ダンジョン》には朝夕の区別がないので今がどのくらいの時間帯なのかよくわからないが、五階層に達した時点で眠くなってきたので、少し開けた場所で発見した『天井付近にあった下からは見えない横穴』に銀色の身体をねじ込んだ。ここでは飛行系の魔物はまだ見ていないし、万が一冒険者達が僕に気がついてもここまで登ってくる手段はないから安全だろうと判断した。絶対ではないけど。

一応、生命探知を広範囲に展開し、直近の危険はないことを確認した僕は、アイテムボックスから木の蜜を取り出し、十分に食事をとってから眠りについた。

翌朝、無事に目覚めることができた僕は、周りに誰もいないことを確認し、横穴から這《は》い出《だ》し、下の階層へ繋《つな》がる階段を目指し移動を開始する。

五階層を越えた辺りからEランクの魔物が現れ始め、十階層に到達する頃にはDランクの魔物が目立つようになってきた。Dランクの魔物であれば、そこそこの経験値になるのでできるだけ倒しながら進んでいく。それにしても徐々に魔物が強くなっていくなんて、レベル上げにぴったりだ。ビバ地下迷宮《ダンジョン》！

この辺りまで来ると、冒険者の姿はほとんど見かけなくなっていた。それでも、時折、僕の生命探知は冒険者の姿を捉えており、十一階層で下に降りる階段を見つけた僕は、一組の冒険者のために足を止めることになった。

（これはちょっと困ったな……）

その冒険者達は階段下の十二階層にいるのだが、どうやらこの階段めがけて猛ダッシュしているようなのだ。そう、今僕の目の前にある階段めがけて。

おそらく魔物の群れか何かに襲われて逃げているのだろう。ならば、階段から上がってきたときに見つからないようにと、岩陰に身を潜めていたのだが、ここで冒険者達にさらなる不運が襲いかかる。

もうすぐ階段にたどり着くというところで、彼らの前に別の魔物が立ちはだかってしまったのだ。前後を魔物に挟まれた彼らは足を止めざるを得ない。

冒険者達を追いかけていたのは、ゴブリンメイジと手下のゴブリンを連れた、ゴブリンナイト御一行だ。ゴブリンナイトとゴブリンメイジはともにDランクの魔物である。そして、彼らを階段前で待ち受けていたのはCランクのオーガ一体のようだ。

Dランクの魔物から逃げているくらいだから、冒険者達はもっとランクが低いのだろう。だとすると一体とはいえCランクのオーガを倒せるとは思えないな。そんなランクでどうやってここまで来れたのかは謎だが、ここが彼らの墓場となるかもしれない。

しかし、今回は助けに行くべきかどうか迷っている。仮にも冒険者が地下迷宮《ダンジョン》に入るということは、こうなることもあるということを覚悟の上で入っているはずだ。そんな冒険者を危険に陥ったくらいで助けていては、僕の身が危ない。何せ今は魔物の身体なのだ。できるだけ人目に触れないようにする必要があるからね。

目の前で助けを求められているならいざ知らず、何でもかんでも助けられると思うほど自惚《うぬぼ》れてもいない。ただ、冒険者の名前くらいは覚えておいてあげるか。万が一、彼らが全滅したときに亡くなったことを伝えられるかもしれない。ちょっとひどいかもしれないが、行方《ゆくえ》不明よりはいいだろう。

そう結論を出した僕は、一番レベルが高そうな冒険者を鑑定した。

種族　人族
名前　エリック
ランク　F
レベル　17

体力　58／65
魔力　16／16
攻撃力　78
防御力　66
魔法攻撃力　15
魔法防御力　46
敏捷　60

スキル
剣術　Lv5

（お前達かーい!!）

前言撤回。さすがに知り合いを見殺しにするわけにはいかないわ。まあ、知り合いといってもこちらが一方的に知ってるだけだけど。仮にも一週間も一緒に旅をした仲だからね。隠れてついていっただけだけど。

仕方がないので、姿を見せる覚悟で階段を降りていくのだった。

〜side　エリック〜

「くそ！　さっきまで上手くいってたのに！　俺達はこんなところで死んじまうのか？」

俺の名前はエリック。ウェーベルの街を拠点とする冒険者の一人だ。『疾風の風』というパーティーのリーダーをしている。えっ？　疾風の時点で風だって？　そんなことはわかっているんだよ！　こういうのは難しく考えないで、語呂で決めるんだよ！　語呂で！

話は逸《そ》れたが、俺達疾風の風は四人組のパーティーでみんな同じ村の出身で同い年だ。剣士の俺と盾士のトマス、魔術師のメアリーと治癒士のヘレンという編成でなかなかバランスがとれている。

そんな俺達は、冒険者になってから三ヶ月ほどが経つFランクのパーティーだ。自分で言うのも何だが、もうすぐEランクに上がる予定で、冒険者ギルドからかなり期待されているパーティーだと思う。受付のお姉さんの話が営業トークじゃなければだが。

俺達がウェーベルの街を拠点に選んだのは、出身地の村から近かったのと、街のすぐそばに地下迷宮《ダンジョン》があったからだ。その地下迷宮《ダンジョン》は『始まりの迷宮』と言って、地下十五階層からなる初心者向けの地下迷宮《ダンジョン》なのだ。初心者向けと言っても、最下層に行けばBランクの魔物もいるし、油断すれば中ランクのパーティーでも全滅してしまう。ただ、浅い階層はFランクやEランクの魔物ばかりなので初心者から中級者のレベル上げに最適な地下迷宮《ダンジョン》となっている。

普段は四～五階層でレベル上げに励んでいる俺達が、なぜこんなところで死にかけているのかというと、話は二日前に遡る……

五階層でレベル上げをしていた俺達が、そろそろ六階層を目指そうかと話をしていたときだった。ちょうど目の前をCランクのパーティーが通りかかったんだ。彼らは俺達とは比べものにならないくらい立派な武器と防具を身につけ、浅い階層に用はないとばかりにどんどん奥へと進んでいった。

彼らの格好から、斥候役がいないと思った俺達は、六階層まで彼らの跡をついていくことにした。斥候役の冒険者がいなければ、俺達がついていってもバレないだろうし、どうせ後から自力で行くつもりだったから、そのときは彼らを道に迷わないための案内役くらいに考えていた。俺達の予想通り、彼らは俺達に気がつくことなくどんどんと奥へと進んでいった。

そして、六階層へ降りる階段の前で、彼らが待ち伏せしていた魔物を一蹴したときに状況は一変する。

「魔物、吸収、もったいない」

盾士のトマスがそんなことを呟いた。地下迷宮《ダンジョン》では倒した魔物の死骸はすぐに吸収されてしまうからだ。

「これ、持って帰ったらダメかしら」

トマスに続き、治癒士のヘレンまでそんなことを言い出した。

「さすがにそれは……」

魔術師のメアリーはその提案に否定的だったが、いつものようにその声はみんなには聞こえていない。

俺もさすがにまずいと思い『それはダメだ』と言いかけたのだが、みんなの装備を見て言葉が詰まる。ボロボロの防具に刃が欠けた武器。このグレートベアーの鋭い爪や牙、丈夫な毛皮を持ち帰れば、それなりの金になる。それどころか、ひょっとしてこのままCランクの冒険者についていけば、もっと高値で売れる素材が手に入るのでは？

どんなパーティーでも持てる荷物には限界がある。見た目よりもたくさん入る魔法の袋《マジックバッグ》なんかもあるにはあるが、あまりに貴重すぎて買おうとすればそれこそ王都で大豪邸が買えるくらいのお金が必要だ。それ以前に貴重すぎて滅多に売りに出されることもないのだが。

そんなものを持っているのは、王族か名だたる商人、もしくは高ランクの冒険者くらいだろう。それよりもさらに珍しいアイテムボックスなんていうスキルもあるそうだが、それこそ伝説になるくらいのスキルで、持っているヤツなんて見たことも聞いたこともない。

つまるところ、前を行く冒険者パーティーも必要な素材が出るまでは倒した魔物を放置する可能性が高い。このまま跡をつけ続ければ、もっと高値で売れる素材をただで手に入れることができるのではないか。

そこまで考えたとき、トマスとヘレンと目が合った。うん、二人とも俺と同じ考えに至ったようだ。

そこからは早かった。目の前で放置されている魔物の高く売れる部位だけを手早く剥《は》ぎ取《と》って、急いでCランクパーティーの後を追いかける。彼らが魔物を倒す度に、今持っている素材よりいい素材があれば即座に入れ替えた。それを何度か繰り返す内に、素材袋の中には決して俺達では倒すことができないであろう魔物の素材でいっぱいになっていた。この時点で俺達は気がつくべきだった。もう自力では帰ることができないくらい深い階層まで潜ってしまっていたことに……

そして、『あと少しだけ、あと少しだけ』と思いながら十二階層まで来たときに、恐れていたことが起こってしまった。

十二階層でDランクの魔物の素材を嬉々《きき》として剝ぎ取っていた俺達は、夢中になりすぎて前を進んでいた冒険者パーティーを見失ってしまったのだ。

そのことを理解したとき、俺達は急に現実に引き戻された。突然湧いて出てきた他人が倒したものを漁《あさ》っていたという罪悪感。CからDランクの魔物がウロウロしているこの階層に取り残されれば、間違いなく死んでしまうという恐怖。いきなりの状況の変化にパニックになりかけたが、リーダーである俺は仲間を死なせるわけにはいかない。その矜持《きょうじ》から辛《かろ》うじて正気を保つことができた。

他のメンバーを落ち着かせ、すぐにどうするか相談した。選択肢は二つしかない。急いでCランクパーティーを探すか、来た道を引き返すかだ。四人で相談した結果、来た道を戻って比較的安全な階段で他の冒険者が来るのを待つことにした。

地下迷宮《ダンジョン》の魔物には二つの習性がある。一つは、『ほとんどの魔物は階層をまたいで移動しない』だ。なぜか地下迷宮《ダンジョン》に生息する魔物は、階層ごとに出てくる魔物のランクが決まっており、その階層から移動することはない。ごく希《まれ》に階層を自由に行き来する魔物が現れることがあるそうだが、この地下迷宮《ダンジョン》でそんな魔物に出会う確率はほぼゼロに等しいらしい。かく言う俺達もまだ出会ったこともないし、俺達が知っている先輩冒険者達も誰も見たことがないそうだ。

二つ目は『地下迷宮《ダンジョン》では魔物同士で争うことはない』だ。同種族はもちろん、違う種族が鉢合わせても決して争わないそうだ。かといって違う種族同士が連携して襲ってくることもないようだが。

地下迷宮《ダンジョン》に入る者は必ずこの二大原則を知っている。だから、階段付近が安全だということも周知の事実だった。実際、わざわざ階段前まで魔物を引っ張ってきてレベル上げをするパーティーがいるくらいだ。ただ気をつけなければならないのは、知性が高い魔物の中にはあえて階段付近で待ち伏せをして、逃げてきたパーティーを獲物とするヤツがいることだ。まあ、そんな知性の高い魔物は自分達が潜れるくらいの浅い階層にはいないはずなのだが……

しかし、ここは十二階層。CランクやDランクの魔物の中には知性が高いヤツもいるかもしれない。嫌な予感が頭をよぎる。とはいっても、俺達に他に選択肢はないのだ。ここから数十分かかる道のりを魔物に会わずに進み、階段へと到達しなければ命はない。覚悟を決めた俺達は、全神経を集中させ恐る恐ると来た道を戻るのだった。

初めは順調だった。ついさっき通ってきた道を引き返すだけだから、魔物も倒されていて比較的安全が確保されていたからだ。だが時間が経つにつれその安全は薄れていく。時間が経てばまた新しい魔物が誕生するからだ。だからできるだけ急いで戻りたいのだが、物音を立てるとそれだけで魔物が寄ってくるかもしれない。何とももどかしい逃避行だ。

実際は数十分ほど、体感的には数時間ほどかけてようやく十一階層へと上がる階段付近まで来た。運良く魔物にも出会わなかったし、ここまで来ればあとは階段で休憩しながら待っていればいい。

そんな俺の雰囲気を感じたのか、後ろをついてきていたメンバーがホッと一息つくのが伝わってきた。結果的にはその一瞬の緊張の緩みが窮地を招いてしまったのだ。

気持ちが緩んだ盾士のトマスが、何気なく近くにあった岩に寄りかかった。ほとんど無意識だったのだろう。しかし、トマスが寄りかかったときに大きな盾が岩から飛び出していたクリスタルの結晶に当たってしまった。耐久性もいまいちでそれほど高価ではない、不純物の混じった結晶だ。ぶつかった衝撃でクリスタルが根元からポッキリと折れた。トマスが咄嗟《とっさ》に伸ばした手も間に合わない。まるでスローモーションのように、ゆっくりとクリスタルの結晶が落ちていくのが見えた。

ガシャーン！

地面に落ちて粉々に砕けたクリスタルの結晶。大きな音が地下迷宮《ダンジョン》内に響き渡った。遠くの方で何かが騒ぎ立てる声が聞こえる。

「逃げるぞ！」

その声が近づいてくるのを感じた俺達は、なりふり構わず階段へ向かって駆け出していた。

魔物の声は俺達にどんどんと迫ってくる。声の感じからおそらくゴブリンの類いだろう。ゴブリンは最低でもEランク。一体ならFランクの俺達でも何とか倒せるかもしれないが、数が多ければまず無理だ。それ以前に上位種がいるならば一体だけでも全滅は必至だ。

ヤツらが追いかけてくる速度は俺達よりも速いが、階段までの距離が短かったおかげか何とか逃げ切ることができそうだ。そこの角を曲がれば階段が見えてくるはず。勢いのまま十一階層まで行ってしまえば、ヤツらは諦めて戻っていくだろう。

「このまま一気に十一階層まで上がるぞ！」

何とか助かりそうだという気持ちが俺の声を自然と大きく力強いものにする。後ろの仲間達からも力強い返事が聞こえてきた。だが、その安堵《あんど》の気持ちが次の一瞬で崩れ落ちてしまった。

階段横にあった大きな岩の陰から一体の巨大な魔物が現れたのだ。身長は三メートルほどあり、緑の肌に発達した筋肉を鎧《よろい》のように纏《まと》い、手には棍棒《こんぼう》を持っている。人の形をしてはいるが、頭には小さな角が二本生えている。Cランクの魔物、オーガだ。階段付近で戻ってくる冒険者を待ち伏せしていたのだろう、その顔は罠《わな》にはまった獲物を見つけたように嬉しそうに歪んでいる。

俺達はその場に立ち止まった。いや、立ち止まらざるを得なかった。あんなものを躱して階段へたどり着くなど絶対にできやしない。最低でも二人。低くない確率で四人全員あの棍棒の餌食になってしまうだろう。

俺達が立ち止まってすぐに後ろからゴブリン達が姿を現した。先頭を走っていたのは片手剣に鎧を着けたゴブリンナイト。Dランクの上位種だ。その横に杖《つえ》を持ったゴブリンメイジ。こちらもDランクの上位種だ。おまけに魔法を使う厄介な相手でもある。すぐ後ろの手下っぽいゴブリンが二体。この二体だってFランクの俺らにとっては十分な脅威なのだ。

後方にゴブリンの集団、前方にはオーガ。絶体絶命を通り越して、すでに全滅確定だ。後はどちらにやられるのかしか、俺らには選択肢がない。それでも最後の一縷《いちる》の望みにかけ、俺達は武器を構えた。

地下迷宮《ダンジョン》では別種族の魔物は争わない。地上なら同士討ちを期待できるかもしれないが、ここ地下迷宮《ダンジョン》ではそれは期待できない。共闘するわけでもないから、ヤツらが連携して襲いかかってくることはないだろう。まあ、そもそもどちらの魔物にも勝てるわけなどないので、共闘しないことの恩恵などありはしないのだが。

ゴブリン達に追いつかれてから少し時間が経っているが、俺達はまだ生きていた。俺らを挟んでゴブリンとオーガが互いの腹を探り合っているからだ。まあ、エサの取り分を考えているだけかもしれないが。

その探り合いが終わったのか、最初に動き出したのは手下のゴブリン二体だった。オーガに動きはない。

二体のゴブリンを俺ら四人で迎え撃つ。俺とトマスで一体ずつ受け持ち、魔術師のメアリーはトマスの援護を、治癒士のヘレンは俺の援護をというのがいつもの戦闘スタイルだ。Eランクと格上のゴブリンだが、二対一なら何とかなる。俺は多少の傷は無視して強引に手下ゴブリンを攻め立てた。浅い傷ならすぐにヘレンが治してくれるとわかっていたからだ。すぐ横ではトマスが防御に徹し、メアリーの魔法が着実にゴブリンの傷を増やしている。

このままならば、いずれ二体のゴブリンを倒すことができるだろう。しかし、それを黙って見ている上位種達ではなかった。視界の端に、ゴブリンメイジが杖をこちらに向けて構えているのが見えたのだ。

「魔法が来るぞ！」

俺は目の前のゴブリンの腹を思いっきり蹴り飛ばし、後ろのヘレンに覆《おお》い被《かぶ》さった。だが、トマスはゴブリンの猛攻を防ぐのに精一杯で身動きがとれなかったようだ。

そのトマスめがけて人の頭くらいの大きさの火の球が放たれた。

トマスを攻撃していたゴブリンは、ゴブリンナイトの声に反応し横へと回避。火の球がもろにトマスの鎧に直撃し、爆風とともにトマスを吹き飛ばした。

その衝撃は俺達にも襲いかかってきたが、少し距離があったおかげで髪の毛が少し焦げるだけで済んだ。もちろん俺が守ったヘレンは無傷である。

だが直撃を喰《く》らったトマスと、吹き飛ばされたトマスに巻き込まれるような形で倒れたメアリーは無傷とはいかなかった。メアリーの方はすぐに立ち上がったが、だらりと垂れた右腕を押さえている。下手《へた》したら骨が折れているかもしれない。トマスに至っては倒れたままピクリとも動かない。気を失っているのか、あるいは……

こうなると二対一の状況はもう作れない。俺達三人は倒れているトマスのもとに駆け寄り、ゴブリン二体と対峙《たいじ》する。まずは弱いところを狙うと言わんばかりに、ゴブリンの一体が怪我を負ったメアリーへと襲いかかってきた。

その間に割って入ろうとした俺は、ゴブリンが俺ではなく俺の左側を見ているのに気がついた。

背中がゾクリとするのを感じ、ゴブリンの視線が向く方を見ると……満面の笑みを浮かべたオーガが棍棒を振り下ろすところだった。

身体が反射的に動き、棍棒を剣で受け止めることができたのは奇跡だろう。だが、Cランクの魔物から繰り出される強力無比な攻撃は、剣で受け止めてなお俺の身体を吹き飛ばすのに十分な力を備えていた。

物凄い衝撃とともに飛ばされた俺の身体は、地面に数回バウンドし大きな岩に当たって止まった。咄嗟に頭を庇《かば》ったおかげで即死は免れたようだが、剣は折れ、鎧はひしゃげ、足はあらぬ方へと曲がっている。口の中には血の味がいっぱいに広がり、直後に大量の血を吐き出した。

残された仲間の方を見ると、視界はかすれていたが、メアリーが絶叫し、ヘレンはトマスの治療も忘れ蹲《うずくま》って祈りを捧《ささ》げているのが見えた。

オーガはニヤニヤしながらその様子を見つめ、ゴブリン達が仲間へと近づいていく。

後悔した。

六階層に余裕で行けるなんて調子に乗らなければよかった。

Cランクのパーティーを道案内程度に考えていた自分に腹が立った。

他人が倒した獲物を漁るなんて、そんなことをしたから罰が当たったのだ。

だがどんなに後悔しても、この現状を変える力が俺にはない。仲間の死と、その後すぐにやってくるであろう自分の死を受け入れるしか俺には選択肢がなかった。涙が出た。最初に四人でパーティーを組んだときの誓いを思い出した。あの誓い通りに正しい行動を取っていればこんなことにはならなかったのに。

「……ごめんな」

しかし、その小さな呟きは誰にも届かなかった。遠くでオーガに襲われそうになっている仲間にも、そしてその声を発した自分にも。

なぜなら俺の呟きが、突然響き渡ったオーガの叫び声にかき消されてしまったからだ。

◇ ◇ ◇

僕が階段をソロリソロリと降りていくと、まずはオーガの背中が眼《め》に入った。階段を背にすることでエリック達が階段に逃げ込まないようにしているようだった。このオーガは多少知恵が回るらしい。

そのオーガの視線の先にはエリック達四人がいるのだが、こちらはすでに戦闘中だった。相手はゴブリン二体。二対一の状況を作り、優勢に戦いを進めているように見える。

だが、そのさらに先に剣を持ったゴブリンナイトと杖を持ったゴブリンメイジがいて、ゴブリンメイジが今まさに魔法を放ったところだった。

ゴブリンメイジが放ったのは火魔法第五階位の〝ファイアーボール〟だ。バレーボールくらいの大きさの火の球が、トマスに向かって飛んでいく。仲間も巻き込んでの攻撃かと思ったが、ゴブリンナイトが何かを叫んだら、トマスと戦っていたゴブリンが横に飛んで、さっと火の球を躱していた。なるほど、魔物同士でもある程度の連携はできるらしい。

ゴブリン達の見事な連携で、トマスが吹き飛ばされメアリーがその巻き添えを喰らっていた。火球の大きさから死ぬことはないと思って、あえて助けなかったんだがトマスがピクリとも動かない。これは読み間違えたか!?

今のところ僕は他者を回復するスキルを持っていない。そう考えると、トマスが倒される前に助けるべきだったのか？　なんてことを考えていると、今度はエリックがオーガに吹き飛ばされてしまった。咄嗟に剣でガードしていたようだが、ボールのように弾みながら転がっている。あっ、大きな岩に当たって止まった。物凄く痛そうだ。

これ以上黙っているとさすがに死人が出てしまう。心の中でエリック達に様子を見ていたことを謝りながら、僕はオーガめがけてストーンニードルを放った。

「ウゴォォォォォ!!」

背中に、長さ三十センチメートルほどの鋭く尖った石の棒を三本ほど生やしたオーガが、突然の痛みに絶叫を上げる。あまりの声の大きさに、ゴブリン達もビクッとなって動きを止めた。その隙を突いて、僕は手下っぽいゴブリン二体にシャイニングアローをお見舞いしてやった。光の矢は狙いも寸分違《たが》えず、ゴブリン達の眉間に突き刺さる。ドォンと音を立てて仰向《あおむ》けに倒れ落ちるゴブリン二体。

ここでようやく魔物達は新手の敵が現れたことに気がついたようだ。オーガはこちらを振り返り怒りの形相で僕を睨んでいるが、僕が背後に浮かべている五つのウォーターバレットを見て、足を止め警戒したように唸《うな》り声《ごえ》を上げた。

それはゴブリンナイトも同じようで、剣を構えてはいるがオーガの出方を窺《うかが》っているように感じる。

一方、ゴブリンメイジは何やら詠唱をしているようだ。先ほどと同じ詠唱のようだからファイアーボールだろう。鑑定した段階で火魔法しか使えないことはわかっていたからね。ウォーターバレットを用意しておいて正解だった。

ゴブリンメイジの詠唱が終わると、先ほどと同じくバレーボールくらいの火の球がこちらへめがけて飛んできた。僕は背後に浮かべておいたウォーターバレットの一つをその火の球にぶつけるように撃ち出す。

僕のウォーターバレットは野球ボールくらいの大きさだが、倍以上ある火の球を完全に消滅させ、なお勢いが衰えることなく真《ま》っ直《す》ぐゴブリンメイジへと向かっていった。僕の魔力がゴブリンメイジの三倍以上あるからできる芸当だろう。焦ったゴブリンメイジが杖で防ごうとするが、僕のウォーターバレットはその杖すらへし折って、ゴブリンの喉を潰してようやく消え去った。

ゴブリンメイジが仰向けに倒れる。死んだかどうかはわからないが、喉が潰れた以上詠唱もできないだろう。そちらはいったん放っておいて、残りのウォーターバレット四つをゴブリンナイトめがけて連続で撃ち出した。

ゴブリンナイトは一つ目を躱し、二つ目を剣で叩き切ったが、対応できたのはそこまでだった。次の三つ目で右腕を剣ごと持っていかれ、最後の四つ目で胸に大きな穴を空けて絶命した。

これで残るはオーガだけだ。

オーガの方を振り返ると、四つのウォーターバレットを使い切ったことでチャンスだと思ったのか、右手の棍棒を振り上げて物凄い勢いで距離を詰めてきた。

(オーガの攻撃力はほんの僅かだけど、僕の防御力より下か。Cランクの魔物の攻撃力がどのくらいかちょっと受けてみるか)

実際、僕のランクはDランクだ。本来ならばCランクのオーガに勝つことは難しい。だけど、魔法を使えばおそらく簡単に目の前のオーガを倒せるだろう。それはステータスを見ても間違いようのない事実だ。

マジックビートルがすごいのか、僕がおかしな存在なのか。

おそらく後者であろう。であれば、この攻撃を受けても大丈夫なはずだ。自分の強さを実感するためにあえて攻撃を受けてみる。念のため硬化のスキルは使うけどね。

僕が動かないのを見て、勝利を確信したのか、雄叫《おたけ》びを上げて棍棒を打ち下ろしてくる緑色のオーガ。

ガキィィィイン！

棍棒と金属がぶつかるような音がした後、砕け散ったのはオーガが持つ棍棒の方だった。僕の身体には一つの傷もついていない。何という頑丈ボディ。今回は硬化の恩恵も大きかったのかもしれないが。

持ち手しかなくなった棍棒を見て唖然《あぜん》とするオーガ。呆然《ぼうぜん》と立ち尽くすオーガに、僕は水魔法第三階位〝ウォーターアロー〟を放った。今度は猛毒入りで。

シュバッという音がして、水の矢がオーガの厚い胸板を貫通する。うん、これは即死だね。猛毒はあまり意味がなかったようだ。

心臓部分に穴を空け、オーガはその場に崩れ落ちた。結局、ゴブリンメイジも喉を潰された段階で絶命していたみたいで、この戦いは僕の圧倒的な勝利で終えることができたようだ。

残すところは……

(さて、勢いで出てきたけどこの後はどうしようか……)

〜side　エリック〜

俺の呟きがオーガの叫び声によってかき消されてしまった。どういうことだと疑問に思ったが、その疑問はすぐに解消された。振り返ったオーガの背中に縦長の円錐《えんすい》状の石が三本突き刺さっていたのだ。あれはおそらく土魔法第五階位の〝ストーンニードル〟。ひょっとして別の冒険者が助けに来てくれたのだろうか？

死を覚悟した俺の心に僅かに希望の灯がともる。

どうやら助けに来てくれた冒険者は十一階層の階段にいるみたいだ。ここからは暗くてよく見えないが、複数いる気配はないから、おそらくソロの魔術師なのだろう。この階にソロで到達できる魔術師なら、相当な凄腕なのかもしれない。

オーガが叫び声を上げている間に、ゴブリン二体が光の矢で倒されている姿を見て自分の考えが間違いないと確信した。シャイニングアローは光魔法の第四階位だ。先ほどのストーンニードルに加え、二属性の魔法を使える人間はそれほど多くはない。余程の才能を持っていないと複数の属性を操ることはできないからだ。

なんて思っていたら、今度はゴブリンメイジが水属性第四階位の〝ウォーターバレット〟を喉に受けて倒れた。いやいや、ゴブリンメイジが放ったファイアーボールをぶち抜いて、さらに杖までへし折って倒すって何の冗談だ。いくら上位の魔法といっても威力がヤバすぎるだろう。っていうか、これで三属性持ち確定だし。自分が死ぬ寸前の身体なのを忘れて、あまりの魔法の威力に見入ってしまった。

三属性操れる魔術師なんてこの世界でも数えるほどしかいないはずだ。名のある高ランク冒険者か、どこぞの王族に仕える宮廷魔術師のトップとか。そんな人物がこんな初心者向けの地下迷宮《ダンジョン》に潜っているわけがない。俺達が街にいるときにも、そんな有名人がいるなんて話は一つも聞かなかったし。

だが実際に目の前で起こっているこの光景は間違いなく現実だ。

っと、ゴブリンナイトがウォーターバレットで倒されたところで、オーガが動き出した。次の魔法が間に合っていないところを見ると魔力切れか？　オーガが勝利を確信したかのような咆哮を上げ、棍棒を振り下ろす。

魔術師は基本的に体力や防御力が低い。それを補ってあまりある魔法攻撃力を持っているのだが、魔力切れになった魔術師はただの村人と変わらないほど弱くなってしまう。そんな魔術師がオーガの渾身《こんしん》の一撃を受けてしまっては……

せっかくともった希望の灯が今まさに消えてしまう。そう思ったときが俺にもありました。でも、次の光景を見て俺は二重の意味で驚かされてしまった。オーガの一撃を無傷で耐え抜いたその防御力と、魔術師とはほど遠いその姿に。

いやいや、魔術師どころか人間でもありませんでした。そう、俺達を助けてくれたのは銀色のカブトムシだったのだ。

◇　◇　◇

オーガとゴブリンを倒した僕は改めてこの状況を確認した。エリックは倒れたまま動けないようだが、顔はこちらを向いており意識はあるようだった。

トマスは相変わらず倒れたままでピクリとも動かない。その横にいるヘレンは未《いま》だに蹲ってブツブツ何かを呟いている。メアリーは片腕を押さえながら、僕の方を啞然とした様子で見つめていた。

とりあえず、今一番話が通じそうなメアリーのもとへと向かう。いや、話せないけどね。

メアリーは一瞬警戒するような動きを見せたが、そのせいで痛めた腕に激痛が走ったようだ。その場に蹲り、絶望したような目で僕が近づくのを眺めている。そうか、絶対的な力を持つ悪役とは、いつもこんな目を向けられていたのか……

僕はメアリーの前で立ち止まると、アイテムボックスから薬草を取り出した。メアリーの目の前に突如現れた薬草は、ポスッという音を立てて地面に落ちた。それを不思議そうな顔で眺めるメアリー。僕ができるのはそれくらいだが、幸い治癒魔法が使えるヘレンが無傷で生き残っている。精神的にはちょっとアレだが、落ち着けばみんなを回復することはできるだろう。

この辺りにもう危険な魔物はいないし、下の階層から戻ってくる冒険者パーティーもいるようなので、僕は黙ってその場を後にしてさらに下へと続く階段を探しに行った。

～side　メアリー～

私達に瀕死《ひんし》の重傷を負わせたゴブリン達とオーガを、無傷で圧倒した銀色のカブトムシがこちらへゆっくりと歩いてくる。すぐに身構えようとしたのだが、そのせいで痛めた腕に激痛が走り私はその場に蹲ってしまった。

よくよく考えれば、私が身構えたところであのカブトムシに勝てるはずもない。少し死ぬのが遅くなっただけで、私達の全滅は免れない。そのときの私の目はおそらく絶望に染まっていたと思う。

しかし、圧倒的な強さを見せつけた銀色のカブトムシは、私の目の前で歩みを止めると、こちらに襲いかかるでもなくジッと私の目を見つめてきた。

するとは不意に空中に緑の塊が現れ地面に落ちる。突然の出来事に驚いていると、銀色のカブトムシはくるっと背を向け、地下迷宮《ダンジョン》の奥へと消えていった。まるで自分の役目は終わったと言わんばかりに。

慌てて地面に落ちている緑の塊を確認すると、怪我によく効く薬草だった。それほど貴重なものではないが、今まさに摘み取ったかのような新鮮さで、上手く使えば仲間の傷を癒やす手助けになると思った。後から考えると不思議なことばかりだったが、そのときの私は早くこの場を離れなければと焦っていたので、深く考えることもなく薬草を手に仲間のもとへと急いだ。

まず私は未だにぶつぶつと祈りを捧げているヘレンの頬《ほお》を叩き、正気に戻した。ちょっと強く叩きすぎて、ほっぺたに紅葉《もみじ》マークがついてしまったのは内緒だ。周りに魔物がいなくなったこと知ったヘレンは、徐々に落ち着きを取り戻し、一番重傷であろうエリックの治療にあたった。

口から血を吐き、足があらぬ方向に曲がっていたエリックだったけど、ヘレンの懸命な治療のおかげで何とか一命を取り留め、支えがあればどうにか歩けるまでに回復した。ただし、エリックの治療だけでヘレンは魔力を使い果たしてしまったようだった。

幸い、トマスは気を失っていたけど、それほど重傷ではなかったみたいで、すぐに意識を取り戻した。全身があざだらけだったので、カブトムシから貰った薬草を煎じて飲ませた。私も一緒にそれを飲んで、余った薬草を揉んで怪我をした腕に貼り付ける。その効果はすぐに現れ、私もトマスも痛みが引き、歩けるまでに回復した。やはり、この薬草は新鮮で質のよいものだった。おそらくあのカブトムシは、ヘレンだけでは治療しきれないとわかって、この薬草をくれたのだと思う。

私達は動けるようになるとすぐに階段へと移動した。せっかく助けてもらった命を無駄にしたくなかったから。

階段までたどり着いた私達はそこで休憩をしつつ、周囲の状況を確認することにした。目の前にはゴブリン達やオーガの死体が転がっている。いずれ地下迷宮《ダンジョン》に吸収されると思うが、それを漁ろうという気は起きなかった。それが原因でこんな目に遭ってしまったわけだし。

それでも、吸収されずに残った魔石だけは拾わせてもらった。私達は逃げている最中にほとんどの道具を捨ててしまったし、武器や防具もボロボロに壊れている。ここから出るためにも、何かお金に換えられるものがないと、もし他の冒険者がここまで来ても出口まで護衛してもらうこともできないから。

それからトマスが上の十一階層を見に行った。ここに魔物が来たら上に逃げなければならないから、上の様子を確認してもらったのだ。幸い、十一階層にも魔物の姿がなかったようで、ひとまずの安全を確保することができてホッと一息つくことができた。

それから冒険者が通りかかるのを待っている間、自然と今回のことについての話が始まった。もちろん魔物を警戒しつつだけど。

最初は、ここで死ななかったことに感謝し、もし生きて帰ることができたら今度こそまともな冒険者になると四人で誓った。私もこれからは、自分の考えをきちんと伝えられるようにならないとダメね。それからすぐに気を失ってしまったトマスと、すぐに正気を失ってしまったヘレンに事の顚末《てんまつ》を話した。

自分で話しておきながら、あまりに非現実的な内容に思わずエリックの方に目を向けてしまった。だけど、エリックが静かに頷くのを見て、やっぱり現実に起こったことだと再確認し話を続ける。

あのカブトムシは明らかに十一階層から降りてきて、私達を救ってくれた。他の魔物を倒してだ。地下迷宮《ダンジョン》に生息する魔物の二大原則をいとも簡単に覆して私達を助けてくれたのだ。あれは本当に魔物だったのだろうか？

ヘレンに至ってはこの話を聞いてから、銀色のカブトムシは神の御使いなどと言い出した。マイラの村から見守ってくれているのだと。

うん？　マイラの村から？　そういえば、あそこの子ども達が騒いでいたわね。銀色のカブトムシがいたとかなんとか。えっと、ポイズンスパイダーに食べられそうになったときに助けてくれたんだっけ。ひょっとして同じカブトムシなの？

神に祈りを捧げているヘレンを除く三人で顔を見合わせる。まさかね？

しばらく身を寄せ合って隠れていると、私達が跡をつけていたCランクパーティーが戻ってきた。

エリックは正直に自分達がやったことを伝え、私達は怒られた。怒られたけど、私達が反省しているのが伝わったのか許してくれた。銀色のカブトムシの話は信じてもらえなかったけど……

それから、オーガの魔石を渡すことで護衛も引き受けてくれるようだ。それに私達のボロボロの装備を見て、帰り道で倒した魔物の素材は自由に剝ぎ取っていいと言ってくれた。本当にありがたい。こんな人達を利用していただなんて、改めて自分達がやったことを反省した。

それから二日間かけて地下迷宮《ダンジョン》の入り口へと戻ってきた。あのときは、もう二度と日の光を見ることはできないと思ったけど、こうして戻れたことに感謝しなければ。銀色のカブトムシについては、冒険者ギルドにも伝えないと四人で決めた。変に興味を持たれて、命の恩人じゃなくて、命の恩魔物を討伐対象にされても困るし。

私達は今回のことを大いに反省し、みんなで心を入れ替えてこつこつと努力していくと誓った。そして、いつか強くなることができたら、あのカブトムシのように人助けをしようと決めたのだった。

◇　◇　◇

エリック達のパーティーと別れてから、僕は丸一日かけて最下層の十五階層へとたどり着いていた。この辺りになると、Cランクのオーガは当たり前にウロウロしており、時折上位種のレッドオーガやブルーオーガなんかも歩いている。他にもCランクのブラッドスネークやBランクのドレイクやバジリスクなんかも現れた。さすがにブラッドスネークが十体ほど同時に現れたときには焦ったが、何とか撃退することができたのでよしとしよう。この地下迷宮《ダンジョン》は最下層にボスはいないようで、これ以上できることはなさそうだ。

しかし、格上との戦闘は経験値的にもおいしいというわけで、二日間のレベル上げでついに僕のレベルは60へと上がったのだ。どうやら60が上限だったようでレベルの横に進化可の文字が見える。

(おお！　ついに進化が可能になった！　Dランクだけあってなかなかレベルを上げるのが大変だったから、感動もひとしおだ)

どれどれ、進化先の選択肢だけでも見ておくかな。

□進化先を選んでください
・ファイアービートル
・ウインドビートル
・ウォータービートル
・アイスビートル
・アースビートル
・サンダービートル

ほうほう、ここから先はより属性に特化した個体になるのか。これはそれぞれの名前に対応した属性になるのだろう。となると、すでに覚えている水、風、土は除外だな。食事事情のことを考えると火もありだけど……火は色々な魔物が使ってたからな。結構簡単に覚えられるのかもしれない。

そうなると、数少ない進化できるチャンスを火に使うのはもったいないね。どうせここまで我慢してきたんだ。ここはレアっぽいアイスビートルかサンダービートルのどちらかがいいね。どちらにしろ、進化後はレベルが1に戻るからここでは危なくて進化できない。おそらくDランクくらいなら何とでもなるだろうから、入り口付近までは戻らず、十階層まで戻ることにしよう。それまでの間にどちらを選択するか考えることにして、僕は上の階層へと戻るべく階段目指して飛んでいくのであった。

十階層に戻ってきた僕は、再び死角になった横穴を見つけ身体を潜り込ませた。周りの様子を確認し、安全が確保できたので早速進化するぞ。もう、進化先は決めているのだ。

僕はステータスを開き、進化先のサンダービートルの名前を念じた。

いつものように身体が輝き……

種族：マジックビートル（変異種）
名前：なし
ランク：D　　レベル：60　進化可
体力：174/218　魔力：227/335
攻撃力：206　防御力：205
魔法攻撃力：341　魔法防御力：313　敏捷：242

スキル：「特殊進化」「言語理解」「詠唱破棄」「アイテムボックス Lv16」「鑑定 Lv15」

「思考加速 Lv15」「生命探知 Lv16」「魔力探知 Lv16」「敵意察知 Lv15」

「危機察知 Lv9」「体力自動回復 Lv13」「魔力自動回復 Lv16」「光魔法 Lv15」

「水魔法 Lv18」「風魔法 Lv9」「土魔法 Lv9」「時空魔法 Lv7」「重力魔法 Lv7」

「猛毒生成 Lv15」「麻痺毒生成 Lv11」「睡眠毒生成 Lv11」「混乱毒生成 Lv11」

「痛覚耐性 Lv11」「猛毒耐性 Lv15」「麻痺耐性 Lv11」「睡眠耐性 Lv11」

「混乱耐性 Lv11」「幻惑耐性 Lv5」New!「瘴気 Lv11」「飛翔 Lv9」「硬化 Lv9」

称　号：「転生者」「スキルコレクター」「進化者」「大物食い《ジャイアントキリング》」「暗殺者」「同族殺し」

種族：サンダービートル（変異種）
名前：なし
ランク：C　　レベル：1
体力：200/200　魔力：300/300
攻撃力：190　防御力：250
魔法攻撃力：350　魔法防御力：350　敏捷：180

スキル：「特殊進化」「言語理解」「詠唱破棄」「アイテムボックス Lv17」「鑑定 Lv16」

「思考加速 Lv16」「生命探知 Lv17」「魔力探知 Lv17」「敵意察知 Lv16」

「危機察知 Lv10」「体力自動回復 Lv14」「魔力自動回復 Lv17」「光魔法 Lv16」

「水魔法 Lv19」「風魔法 Lv10」「土魔法 Lv10」「雷魔法 Lv10」New!「時空魔法 Lv8」

「重力魔法 Lv8」「猛毒生成 Lv16」「麻痺毒生成 Lv12」「睡眠毒生成 Lv12」

「混乱毒生成 Lv12」「痛覚耐性 Lv12」「猛毒耐性 Lv16」「麻痺耐性 Lv12」

「睡眠耐性 Lv12」「混乱耐性 Lv12」「幻惑耐性 Lv6」「水耐性 Lv10」New!

「雷耐性 Lv10」New!「瘴気 Lv12」「飛翔 Lv10」「硬化 Lv10」「雷纏《らいてん》 Lv10」New!

称　号：「転生者」「スキルコレクター」「進化者」「大物食い《ジャイアントキリング》」「暗殺者」「同族殺し」

第8話　痺《しび》れるあいつ

むむむ、レベル1になったのにステータスがほとんど下がっていない。というか、下がっていないどころか上がっている項目まであるぞ。

それに、新しいスキルを四つも覚えたようだ。雷魔法と耐性二つは鑑定するまでもないが、よくわからないのは雷纏《らいてん》か。どれどれ、『身体《からだ》に雷の鎧《よろい》を纏《まと》い触れた者を感電させる』とな。

そういえばさっきから、バチバチいいながら身体の周りを小さな雷が駆け巡っている。これはこれで格好《かっこ》いいのだが、音もうるさいし目立って仕方がない。どうにか消せないかな？

僕は身体からあふれる魔力のようなものを抑えるように意識すると、身体を纏っている雷も次第に小さくなり消えていった。よかった、任意で出したり消したりできるようだ。

ところで先ほどより随分と明るくなった気がする。地下迷宮《ダンジョン》内は基本的に地面や天井がほんのりと輝いているので、真っ暗になることはない。階段は別だけど。この横穴もボヤッと明るかったんだけど、今は何だか照明が当たっているかのように輝いている。そして、その照明はというと……僕の身体かい！

どうやら洞窟の明かりが僕の身体に反射して、光り輝いているように見えているようだ。そっと自分の脚を見てみると……金色に輝いていた。

おおう、銀色のカブトムシから金色のカブトムシになってしまった。もう、ひっそり暮らすのは難しいかもしれない。

僕は金色に輝く身体で横穴から這《は》い出《だ》した。基本ステータスは相当高いが、上げれるレベルはしっかり上げておかねばならない。まずはもう一度十五階層まで降りて、B、Cランクの魔物を中心に狩っていこうと思う。

せっかくなので、新しく覚えた雷纏をオンにして雷を纏った。すぐに身体の周りをバチバチと雷が迸《ほとばし》る。その状態のまま、高速で飛行していくと……出会った魔物はすれ違うだけで感電し倒れてしまった。Dランク程度の魔物なら、雷纏に触れただけで死んでしまうみたいだ。随分楽なレベル上げだ。

ちなみにこの雷纏はオンにしておくと、威力に応じた魔力を常に消費するようだ。半径一メートルくらいに影響を与える範囲なら、魔力の回復速度と同じくらいのようで現に今の僕は魔力の回復が止まっている。これ以上、その範囲を広げれば、魔力が減っていくだろう。

さらに飛翔《ひしょう》スキルも上がっているので、戻ってくるときよりも早く十五階層へ着くことができた。道中の魔物を倒したことで、レベルも20まで上がっている。そういえば、進化したことにより全てのスキルのレベルが一ずつ上がっていて、未《いま》だに使えない時空魔法と重力魔法がLｖ８になった。10まで上がれば何かが変わるのではないかと密《ひそ》かに期待している。

ついでに他の魔法のスキルもレベルが上がっていて、水魔法はあと一つ上がれば第二階位の魔法を覚えることができる。光魔法は第三階位の〝シャイニングレイン〟を覚えた。〝シャイニングアロー〟を上空から何十本と降らせる、範囲型殲滅《せんめつ》魔法って感じだ。土魔法と風魔法も第四階位を使えるようになったし、雷魔法も覚えたてなのに風魔法や土魔法と同じレベルだった。どういう仕組みかはわからないけど、地味にありがたい。

僕はしばらく十五階層でレベルを上げていたのだが、35を超えたあたりから上がり方が鈍くなっている。ランクが上がって必要な経験値が増えたのと、強くなりすぎたせいか魔物が僕と出会うなり逃げ出してしまうのが原因だ。仕方がないので、何とか40まで上げたらこの地下迷宮《ダンジョン》でのレベル上げは終わりにしよう思う。

結局、この地下迷宮《ダンジョン》には一週間ほどお世話になった。出るときはどうしようかと思っていたけど、入るときより簡単に出ることができた。衛兵さんが地下迷宮《ダンジョン》に入ろうとしている冒険者をチェックしている隙に出られたから。ちょうど逆光で光り輝く僕の身体が隠されていたのも幸いした。

地下迷宮《ダンジョン》から出た僕は、いったん木の上に身を隠した。この地下迷宮《ダンジョン》以外の情報がないかを探すためだ。

僕がそっと聞き耳を立てていると、色々なところで広がっているちょっとした噂話《うわさばなし》があった。何でも階層をまたぐ魔物が現れたとか、魔物同士が戦っていたとか何とか……

なんと恐ろしい……

そんな魔物に狙われたら逃げ切れないじゃないか。大抵の魔物は階層をまたぐことができないから、危なくなったら違う階層に逃げようと思っていたのに。

でも、滅多《めった》に出ない魔物のようだから、出遭わないことを祈っておこう。

それから二、三日かけて情報を集めたけど、次はここから南にあるヴェルデリン王国の王都を目指すのがよさそうだとわかった。なぜなら、王都の西には天国への扉《ヘブンズドア》という地下迷宮《ダンジョン》があるからだ。天国への扉《ヘブンズドア》は地下四十階層以上からなると言われている地下迷宮《ダンジョン》で、未だに最下層まで踏破されていないらしい。

天国への扉《ヘブンズドア》という名前には一攫千金《いっかくせんきん》を期待できるという意味と、死亡率が高いという二つの意味合いがあるようだ。そこの下層ではAランクの魔物がウロウロしているとか。

(よし、次は王都……というか天国への扉《ヘブンズドア》でレベル上げをするか)

王都への道のりは馬車で一週間ほどかかるそうだ。今の僕なら休まず飛んで二日くらいかな。

僕はここウェーベルの街に別れを告げ、王都目指して飛んでいくのだった。

◇◇◇

(これが王都か……)

ウェーベルから休まず二日かけて王都へとやって来た。王都はこの世界でも一、二を争う大きな街だ。おそらく冒険者の数も一、二を争うだろう。つまり、思いも寄らない強者がいるかもしれない。よって、探知を持つ者がいてもいいように、僕は遥《はる》か上空から王都の街並みを見つめているというわけだ。

（とはいっても、今は王都には用はないんだよね。いずれはあそこで生活してみたいとは思うけど、今はレベルを上げて進化するのが優先だ）

僕は王都に名残惜しさを感じながらも、地下迷宮《ダンジョン》があるという西へと向かった。

王都から二日ほど飛び続けた僕の目の前に今、始まりの迷宮の入り口と似たような光景が広がっている。どこにあっても地下迷宮《ダンジョン》は人を引きつけるようで、入り口周辺にはたくさんのお店が立ち並んでいた。

地下迷宮《ダンジョン》の入り口を見るに、始まりの迷宮とはちょっと雰囲気が違うように見える。あそこは天然の洞窟のようだったが、こちらは大理石のようなもので作られた人工的な入り口のようだ。

四角い建物の中に、下へと降りる階段が見える。何とかこの地下迷宮《ダンジョン》に入るために、しばらく観察を続けることにした。

その結果わかったことは、この入り口は常時、四人以上の衛兵が守っており、冒険者もひっきりなしに出たり入ったりしているもんだから、全然入り込む隙がないということだ。特に明るい内は無理だと思ったので、昼間は近くの森で狩りをしながら、夜に地下迷宮《ダンジョン》の入り口を見張る日々を一週間ほど続けた。観察中は情報収集も怠らなかったけど、マジ暇でした。

そして、ついにそのときがやってきました。交替のためにやって来た衛兵が差し入れにとお酒を持ってきたのだ。もちろん、普段ならこんなところで飲んだりしないのだろうが、今日は少々肌寒い夜だったので、内緒で一杯だけ飲もうという流れになったのだ。深夜だったので、近くに冒険者達がいなかったのもそうさせた理由の一つかもしれない。

どちらにせよこんなチャンスは滅多にやってこない。全員が乾杯のためにグラスに視線を集中させたその一瞬の隙を突いて、僕は天国への扉《ヘブンズドア》への侵入を果たしたのだ。


さすがに深夜ということで、入ってすぐの浅い階層には人の姿はなかった。そりゃそうだよね。近くに出口があるなら、こんなところで一晩過ごすより外にある宿に泊まった方がいいに決まっている。よって、浅い階ではそれほど気を遣うことなく先へと進めた。もちろん、生命探知と魔力探知で周囲の状況を探るのは忘れないけれどね。

ここ天国への扉《ヘブンズドア》は不思議な素材で造られた床や壁に囲まれており、無機質な迷路といった感じがする。飛んでいる僕にはあまり関係はないが、始まりの迷宮のような洞窟型の地下迷宮《ダンジョン》よりよっぽど歩きやすそうだ。だがその分、身を隠すところが少ないので、できるだけ冒険者に鉢合わせないようにしなければならない。

地下五階層までは、運良く冒険者と出会うことはなかった。しかし、そこから探知に冒険者の姿がかかり始める。

ただ、僕にとって幸運だったのは、六階層から通路の幅が広くなったことと、時折、大広間のような空間が現れ始めたことだ。通路が広くなったのに伴い天井も高くなったので、探知持ちでもない限り、天井に張り付いていれば見つからないように思える。

それに大広間はさらに天井が高く、隅っこにいればまず気づかれることはなさそうだ。この地下迷宮《ダンジョン》の壁の色が黄土色というのも僕が見つかりづらくなっているのに一役買ってくれている。普通なら目立つ金色が、この壁の色で逆に見つけづらくなっているのだ。

この天国への扉《ヘブンズドア》は始まりの迷宮より広いのと、迷路のように入り組んでいるせいで、一階層降りるのにえらい時間がかかる。似たような景色が続いているのも、余計に時間がかかる原因となっているようだ。

五階層には何とか一日で到達できたが、それ以降はさらに時間がかかっている。それでも脳内マッピングをしながら、少しずつ下の階層へと進んでいく。思考加速のレベルが上がったおかげか、記憶力がアップしているのがありがたい。

六階層から十階層までたどり着くのに二日くらい。十五階層まではさらに同じくらいの時間がかかった。ここまではゴブリンやオーク、オーガといった人型の魔物が多かったが、十七階層でついにBランクのゴーレムに遭遇した。

種族　ゴーレム
名前　なし
ランク　Ｂ
レベル　50
体力　３００／３００
魔力　１００／１００

攻撃力　　　　２２０
防御力　　　　２５０
魔法攻撃力　　１００
魔法防御力　　２５０
敏捷《びんしょう》　　　　１５０

スキル
硬化　　Ｌｖ10
土耐性　Ｌｖ10
雷耐性　Ｌｖ10

レンガのような身体を持つ魔法生物。魔法による攻撃はなさそうだが、物理的な攻撃力や防御力は侮れない。硬化を使われたら、僕の攻撃力でも傷をつけるのが難しいかもしれないな。

さて、物理系のステータスはともかく、魔法系のステータスとスキルの数を見れば負けることはないとは思うけど、実際戦ってみたらどうなるか楽しみだ。

ゴーレムは魔法生物だけあって、恐怖心などないのだろう。僕に向かって迷いなく真《ま》っ直《す》ぐに向かってくる。

そんなゴーレムに向けて、僕はまず水魔法第三階位〝ウォーターアロー〟を放ってみた。

ズゴォォォン！

大きな音とともに水の矢がゴーレムの胸を貫いた。

（うそだろ!?）

その一撃でゴーレムは両膝をつき、その身体はボロボロと崩れ去る。

（まさかＢランクの魔物を一撃とは思わなかった。魔法から試したのは失敗だったか……）

Ｂランクのゴーレムを一撃で倒した僕は、勢いに乗って先へと進む。次に姿を現したのは鶏の身体に蛇の尾を生やしたＢ＋ランクのコカトリスだった。

種族	コカトリス
名前	なし
ランク	Ｂ＋
レベル	53
体力	２８５／２８５
魔力	３０６／３０６
攻撃力	３３３
防御力	２６４
魔法攻撃力	３０１
魔法防御力	２７６

敏捷　　　２２５

スキル

飛翔　Ｌｖ８

魔眼（石化）　Ｌｖ12

猛毒生成　Ｌｖ12

石化耐性　Ｌｖ12

猛毒耐性　Ｌｖ12

（むむむ。魔眼なんてスキルがあるのか。しかも石化とは……。僕は耐性を持っていないぞ。猛毒の方は大丈夫そうだから、石化に気をつけて戦わなくては）

まず僕は石化対策として水魔法を使って、自分の前に大きめのウォーターバレットを一つ浮かべた。魔眼というくらいだから、直接の視界を遮れば防げると考えたのだ。

コカトリスの眼《め》が黄色に怪しく光り出したが、予想通り僕への影響はないようだ。その状態を保ったまま、僕は風魔法第五階位〝エアカッター〟を複数展開する。コカトリスの周囲３６０度を見えない風の刃《やいば》が覆い尽くし、僕の心の中の掛け声とともに一斉にコカトリスへと襲いかかった。

コカトリスは奇妙な叫び声を上げて飛び立とうとするが、それより早く風の刃が全身を切り刻む。飛翔レベルがもっと高ければ、逃げられたのかもしれないね。

全身傷だらけになったコカトリスだったが、まだ辛《かろ》うじて息があるようだ。一撃で倒すにはもう少し威力の高い魔法を使うべきだったか。それでも瀕死《ひんし》のコカトリスにこの状態から負けるはずもない。

僕は目の前に展開しているウォーターバレットを、コカトリスの顔めがけて飛ばす。危険を感じたのかすぐに逃げようとしたが、全身傷だらけなのでそれほど速くは動けない。僕は簡単にコカトリスの顔を水の塊で覆うことに成功した。これで、アイツの目を直接見ないで済むというわけだ。

僕は顔を覆っている水を剝《は》がそうともがいているコカトリスに近寄って、悠々と自慢の角で心臓を突き刺した。

心臓を貫かれたコカトリスがドサッと倒れる。

その身体をアイテムボックスに収納すると同時に、またすぐに違う魔物が現れた。どうやら僕達が戦っている音を聞きつけ近寄ってきたようだ。

えーと、あれは確か……

種族　ドレイク
名前　なし
ランク　B
レベル　48
体力　234／234

魔力　　　　１９８／１９８
攻撃力　　　２６３
防御力　　　２２１
魔法攻撃力　１８９
魔法防御力　２０７
敏捷　　　　１８９

スキル
飛翔　　Ｌｖ７
咆哮《ほうこう》　ＬＶ８
ブレス（炎）　Ｌｖ６

そうそう、ドレイクだ。始まりの迷宮でも見かけたがこっちの方がレベルが高いようだ。さっきのコカトリスよりランクもステータスも低いが、ブレスだけは注意しておこう。それなりの広さがあるとはいえ、壁に囲まれているからね。追い詰められてからの広範囲の炎のブレスはちょっとやばそうだし。

　となれば、先制攻撃あるのみ。

僕は水魔法第四階位〝ウォーターバレット〟を複数放って、その後を追いかける。こっちは探知でドレイクの居場所は手に取るようにわかるが、向こうはそうではないようだ。

先行するウォーターバレットを曲がり角で直角に曲げたところで、こちらに気づいたドレイクだったが、突如現れた弾丸のように飛んでくる複数の水の塊を全て避《よ》けられるわけもなく、顔、胴体、翼、右足と連続で被弾した。

さらにウォーターバレットはドレイクの身体を貫通し、後ろの地下迷宮《ダンジョン》の壁に衝突し飛散する。

ウォーターバレットを追いかけてトドメを刺そうと思っていたけど……うん、意味がなかった。

よくよく考えたら、先ほど一撃で倒したゴーレムよりも魔法防御力は低かったから、こうなるのは当然だね。誰も見てなくてよかった……

といった感じで、目の前に現れる魔物を倒しつつ、僕はさらに下の階層を目指して飛び回った。

目標はドラゴンと同じAランクの魔物だ。Aランクの魔物相手に僕がどこまでやれるのかを試してみようと思う。もちろん、死なないように撤退も視野に入れてだけどね。

ここでAランクの魔物を倒せたら、一度故郷に戻ってあのレッドドラゴンと再戦してみるのも面白いかもしれない。そんなことを考えながら、僕は下へと降りる階段を探すのだった。

◇　◇　◇

王都近郊の地下迷宮《ダンジョン》、『天国への扉《ヘブンズドア》』に潜入してから一週間くらい経《た》ったか？　僕は現在地下二十一階層を進んでいる。

この地下迷宮《ダンジョン》は最初は下に行くほど広くなっていたが、十七階層を越えた辺りからは同じくらいの広さの階層が続いている。大体、一日で二階層攻略できるくらいの広さだ。地下何階層まであるのかわからないが、この二十一階層で、初めてＡ－ランクの魔物が現れた。

種族　バジリスク
名前　なし
ランク　Ａ－
レベル　66
体力　３３５／３３５
魔力　３０３／３０３
攻撃力　３４１
防御力　２８７
魔法攻撃力　３１１
魔法防御力　２９８
敏捷　２４６

スキル
熱感知　Ｌｖ９

魔眼（石化）　Ｌｖ14
猛毒生成　Ｌｖ13
猛毒耐性　Ｌｖ13
再生　Ｌｖ３

　レッドドラゴンには一歩及ばないが、なかなかの強敵だ。見た目は巨大なヘビだが、顔の真ん中で黄色い大きな眼が光っている。あれが石化の魔眼だろう。熱感知というスキルを持っているようなので、僕は身体全体を冷たい水の膜で覆っている。その効果か、目視できる場所にいながらも僕の存在にはまだ気がついていないようだ。

（まずはあの眼を潰しておこう）

　僕は光魔法第四階位〝シャイニングアロー〟を放つ。あまりのスピードにバジリスクが気がつく間もなく、黄色の大きな目に光の矢が突き刺さった。

　グギャアアアアア！

　地下迷宮《ダンジョン》内に魔物の絶叫が響き渡る。眼を潰されたバジリスクがこっちを向いた。どうやら居場所がバレてしまったようだ。魔法を放ったときに動いたせいで音を出してしまったからだろう。

　まあ、一番厄介な眼は潰せたことだし、ここからは正攻法でいこうか……と思った矢先、光の矢が刺さった傷口が煙を上げながら再生しているのが見えた。

（まずい!?　再生のスキルがあるのを忘れてた！）

それほど再生速度は速くないようだが、時間をかければ完全に治ってしまうのは間違いない。石化の魔眼を使われたらたまったもんじゃないから、治りきる前に倒さなくては。

今度はエアカッターで黄色の瞳を狙ったが、眼を隠すように動かした尾に阻まれてしまった。バジリスクの尾がズタズタに裂け、緑色の血が流れている。

しかし、その隙にバジリスクは完全に頭を隠すようにとぐろを巻いてしまった。これでは眼は狙えないな。

仕方がないので、このまま倒させてもらうとしよう。僕は雷魔法第四階位〝サンダーランス〟を放った。轟音《ごうおん》を立てて、雷の槍《やり》がバジリスクに突き刺さる。シャイニングアローに勝るとも劣らないスピードだ。しかも、感電による麻痺《まひ》の追加効果までついてる。ビバ、雷属性！

さすがに一撃では倒すことができなかったが、麻痺のせいかとぐろが緩んで頭が見えている。そこにもう一発サンダーランスをぶち当てると、ブスブスと穴の空いた頭を焦がしながら動かなくなった。

(雷魔法は使い勝手がいいみたいだから、水魔法と一緒に重点的に上げていこうっと)

さて、Ａ－ランクの魔物なら問題なく倒せることがわかったから、もう少し先へと進んでみることにしよう。

この階層ではＢ＋ランクからＡ－ランクの魔物が現れるようだが、今のところこの辺りの階層ではほとんどが単体で現れるので、それほど苦労せずに倒せている。

これが、群れで現れると少し厳しいかもしれない。僕のステータスは魔力関係がかなり高いから、魔法を使えば楽に倒せているけど、物理的なステータスならこの辺りの魔物とどっこいどっこいだからね。魔法で捌《さば》ききれなかったり、魔力が尽きてしまったら危ないのだ。

バジリスクを倒してから三日ほどで二十六階層へと到達した。二十五階層までは単体の魔物が多かったのだが、この二十六階層からはAーランクの魔物が二、三体同時に現れるようになってきた。必然的に魔力の消費量が増えていく。魔力自動回復のスキルがあるとはいえ、一瞬で回復するわけではないので、休憩も含め段々と進む速度が遅くなってしまっている。この二十六階層を抜けるのにまる一日ほどかかってしまった。

ここの地下迷宮《ダンジョン》、『天国への扉《ヘブンズドア》』はまだ踏破されていない地下迷宮《ダンジョン》と聞いている。最高記録が地下三十一階層だそうだ。うん、今二十七階層へ降りたのであと四階層降りれば最高記録に並ぶね。カブトムシだから公にはできないけど。

二十七階層はAーランクの魔物三体からスタートし、その後も三十分に一回のペースで襲われ続け、まる一日ほどかけてようやく二十八階層へと降りる階段を見つけることができた。

ここまで来ると、階段も安全地帯とはいえなくなっていて、おかげで寝ているときに魔力探知もオンにすることができるようになった。

二十八階層からはさらに一度に出る魔物の数が増え、戦っている最中に別の魔物に襲われる確率も上がってきた。そのせいで、たった二階層攻略するのにたぶん四日くらいかかってしまった。

そして、今日からいよいよ三十階層へと挑むことになる。事前の情報だと、ここからAランクの魔物が出るそうだ。
　ここまででレベルは55まで上がっている。攻撃力は若干低めだが、防御力はそこそこあるし魔力関係はレッドドラゴンを大きく上回っているから、Aランクの魔物相手でも負けることはない……と思う。

　意を決して三十階層に入ってから、すでに二度も魔物に襲われた……。まだ、三十分も経っていないのに……。どちらもB＋ランクの群れだったので、それほど苦戦はしなかったが。そして三度目の戦闘でようやくお目当てのランクの魔物が現れてくれた。

種族　ファントムタイガー
名前　なし
ランク　A＋
レベル　84
体力　411／411
魔力　503／503
攻撃力　361
防御力　298
魔法攻撃力　501

魔法防御力　４７２
敏捷　３９８

スキル
咆哮　Ｌｖ19
透明化　Ｌｖ20
隠密《おんみつ》　Ｌｖ20
闇魔法　Ｌｖ19
闇耐性　Ｌｖ19
炎耐性　Ｌｖ17
水耐性　Ｌｖ17
雷耐性　Ｌｖ17
土耐性　Ｌｖ17
風耐性　Ｌｖ17
状態異常耐性　Ｌｖ17

おぉーい!?　こいつはＡランクじゃなくてＡ＋ランクじゃないかーい！　誰だよ三十階層からはＡランクが出るって言ってたのは!?　ＡランクどころかＡ＋ランクが出ちゃってるじゃん！

これは想定外だ。しかも、このファントムタイガーは相性が悪すぎる。僕のメイン火力である魔法が効きづらい上に、敏捷が半端ない。これじゃあ、碌《ろく》にダメージが期待できない。相手の防御力が低いのがせめてもの救いだが、こちらの攻撃が当たらなければ意味がない。そうなれば、いずれやられてしまうのは火を見るよりも明らかだ。

切り札の猛毒も状態異常耐性のせいで大した効果は望めないだろう。

くそっ！　隠密まで持ってるから生命探知に引っかからなかったのか。こいつはまいった。完全に格上相手の戦いになるぞ。残念なことに向こうはすでに戦闘態勢に入っている。逃げるのも無理そうだ。

事前の情報では三十階層まではAランクまでの魔物しか出ないはずなんだけど……

よくよく考えたら、三十階層を突破したのは一パーティーのみ。そのパーティーもたった一度しか到達していないのだから、そもそもの情報量が足りないのは当たり前か。もっと慎重に行動すればよかったとは思うが、今更か。

僕は覚悟を決めて、ファントムタイガーへと向き合う。とそのとき、ファントムタイガーの姿が急に薄れていった。

(透明化か!?　させない！)

こんな強敵に透明になられたら勝ち目なんてなくなってしまう。それこそ一方的にたこ殴りだ。

(サンダーランス！)

僕はすぐさま雷魔法第四階位〝サンダーランス〟を放った。雷の矢が、音速を遥かに超えるスピードでファントムタイガーへと襲いかかる。

サンダーランスがファントムタイガーの眉間を捉えたと思ったが、身体が一瞬ブレたかと思うと、すでにそこにはファントムタイガーの姿はなかった。

（くそ！　透明化は阻止できたけど、そもそもの動きが速すぎて反応が追いつかない！）

ファントムタイガーはサンダーランスを避けるために右に跳んだだけなのだが、僕の敏捷では目で追うのがやっとだ。嫌な予感を覚えた僕はすかさず硬化を使う。

ギイィイン！

硬化が発動した直後にファントムタイガーの爪が僕の背中を穿《うが》った。一瞬でも遅れていれば、ダメージは免れなかっただろう。よくやった僕！

すかさず僕は雷纏を使い、身体に雷を纏う。それを嫌がったファントムタイガーはバックステップでいったん距離を取った。

（よし、今度はこっちの番だ！　シャイニングレイン！）

光魔法第三階位〝シャイニングレイン〟だ。数十本の光の矢が天井から降り注ぐ。ファントムタイガーが唯一耐性を持っていない光魔法だけにダメージも期待できる。

「ガァアアアアアア！」

しかし、その期待も早々に裏切られた。ファントムタイガーが一声吠《ほ》えると、その身体を守るように真っ黒の闇が覆《おお》い被《かぶ》さる。魔法を咄嗟《とっさ》に鑑定してみると闇魔法第四階位〝ダークウォール〟と出た。光の矢は全て闇の壁に吸収されてしまった。

（ならば！　シャイニングアロー！）

ファントムタイガーがシャイニングレインの対応に追われている隙に、光魔法第四階位〝シャイニングアロー〟を連続で放つ。しかも、ただ放つだけではなく、軌道を操作して四方八方から襲いかかるように仕向けた。

「グルゥゥ！」

迫り来る光の矢に、今度は魔法を使わずに避けることを選択したファントムタイガー。いや、避けることを選択したんじゃなくて、避けることしかできなかったはずだ。なぜならアイツは詠唱破棄を持ってないからね。

先ほどのダークウォールは見事だったが、あれはある程度予想していたに違いない。一声で発動したのは素晴らしいが、随分長く吠えていた。おそらく、あれがヤツの詠唱なのだろう。であれば、詠唱破棄を持っている僕が、魔法を連発したらおそらくアイツは避けるしかなくなると思ったのだが、どうやら予想が当たったようだ。

「アグァァァァァァ！」

そして、いくらヤツが素早くても逃げ場がないほど連続して魔法を放てばいつかは当たる。現に二十六本目のシャイニングアローがヤツの右後ろ足を捉えた。痛みに耐えるような咆哮が少なくないダメージを窺《うかが》わせる。

（よし！　足に当たったのはラッキーだ！　これでヤツの動きが鈍くなる！　って、あれ？）

心の中でガッツポーズをしたのも束《つか》の間《ま》、なぜか僕の視界がまっ暗に染まっていく。

（しまった⁉　あれは痛がっての咆哮じゃなくて詠唱だったのか！）

気がついたときには、僕の周り一面が闇に覆われていた。

（これは闇魔法第三階位〝ダークミスト〟か⁉）

闇魔法第三階位〝ダークミスト〟。様々な状態異常を与える闇魔法。僕は慌てて闇から逃れるべく飛翔したのだが……

（クソ！　上手《うま》く飛べない。何かしらの状態異常を貰《もら》ってしまったか！）

ステータスを確認すると、麻痺状態になってしまったようだ。耐性があったため、辛うじて動けてはいるがファントムタイガー相手にこれはまずい。

ふらふら飛びながら何とか後方へと脱出した僕だったが、闇から抜けた瞬間、目の前には迫り来るファントムタイガーの爪があった。

バキィイン！

硬化が間に合わず、壁へと叩《たた》きつけられた僕。左の羽には大きな爪痕が残り、壁に衝突した右側の真ん中の脚はあらぬ方向へと折れ曲がっている。

しかし、ファントムタイガーも僕の雷纏の影響で身体が痺れているようだ。こちらのダメージも大きいが、僕は痛覚耐性を持っているので痛みで動けなくなることはない。

身体は傷だらけだが、意識はしっかりしている。

（水魔法第二階位〝メイルシュトローム〟！）

僕が心の中で魔法を唱えた瞬間、ファントムタイガーの足下に大きな水の渦が発生した。身の危険を察知したファントムタイガーが逃げ出そうとするが、雷纏の効果で麻痺しているせいか思うように動けず、大渦に呑《の》み込まれていく。

（水魔法に耐性があろうが、窒息させてしまえば問題ない！）

さすがに第二階位の魔法だけあって魔力がガンガンと削られていくが、ここは出し惜しみをしている場面ではない。ファントムタイガーを完全に呑み込んだ後も、魔力がなくなる限界まで大渦を維持していた。

（そろそろ限界か……）

魔力が残り一桁になったところで、大渦を解除する。するとあれほどあった大量の水が消え失《き》せ《う》、残ったのは床に横たわるファントムタイガーのみとなった。

（この傷と魔力量はちょっとまずいかな）

耐性があるおかげか麻痺はほとんど治ったし、魔力自動回復と体力自動回復のおかげで魔力も回復し始めてるし、傷も徐々に治り始めている。聖魔法を持っていない僕にとっては、ありがたいスキルだ。とはいえ、完全に回復するにはもう少し時間がかかるだろう。

（ここはいったん引くべきかな）

三十階層からA＋ランクの魔物が出るとわかった以上、これ以上進むのは得策ではない。むしろ、この怪我《けが》のまま戻るのだって危ないかもしれない。そんなことを考えながら、体力がどのくらい残っているのか確認するためにステータスを開いて初めて気がついた。

（進化できるじゃん！）

さすがにA＋ランクの魔物の経験値は半端なかった。そして、予想外に60がサンダービートルのレベルの上限だったようだ。マジックビートルも60だったから、てっきりもっと上かと思ってたんだけどね。ある意味助かったとも言える。進化すれば体力も魔力も回復するから。

かといって、こんな危険なところで進化するわけにはいかない。地下迷宮《ダンジョン》の外に出るかそこまで行かないにしても、もう少し上の階層で安全な場所を探さなくては。

僕は三十階層へと降りてきた階段へと戻ると、少しの間体力と魔力の回復に努め、小一時間ほどで半分ほど回復したので、上の階層目指して移動を開始した。

ファントムタイガーを辛くも倒した僕は、十日ほどかけて二十階層へと戻ってきた。この辺りで出てくる魔物はB～B＋ランクの魔物だ。進化最中にさえ襲われなければ問題ないだろう。幸い、空を飛べる魔物はこの階層にはいないようだから、少し開けたところの天井に土魔法で巣を作ってそこで進化するとしよう。

二十階層を探索し、ちょうど下からは見づらいくぼみを発見したのでそこに土魔法で壁を作りその中で進化することにした。

(さて、次の進化先はどんな感じなのかな？)

□進化先を選んでください

・アデロバシレウス

・ミアキス

おっとまさかの二択か!?　それにしても、また名前だけではよくわからないから、鑑定してみる。

アデロバシレウス……ネズーミの祖先
ミアキス……ドッグーやキャットーの祖先

おっと、これはまずい展開だ。いや、昆虫がここで終了して次は哺乳類になれそうなのはいいんだけど、種族が変わるときは弱体化も激しいからね。これは一度外に出た方がよさそうだ。

僕はせっかく作った穴から這い出し、脇目も振らずに入り口を目指した。そして、おそらく五日もかからずに入り口に到着し、衛兵が入ってくる冒険者をチェックしている間に、地下迷宮《ダンジョン》の外へと出た。

そして、すぐ北にあるスーラの森の木の根元に穴を掘り、そこで進化することにした。

(ネズミかネコかって言われたら、もちろんネコを選択するよね)

僕がミアキスを選択し念じると、身体が光りに包まれていき……

種族：サンダービートル（変異種）
名前：なし
ランク：C　　レベル：60　進化可
体力：318/318　魔力：452/477
攻撃力：306　防御力：368
魔法攻撃力：527　魔法防御力：527　敏捷：298

スキル：「特殊進化」「言語理解」「詠唱破棄」「アイテムボックス Lv19」「鑑定 Lv19」
「思考加速 Lv20」「生命探知 Lv20」「魔力探知 Lv20」「敵意察知 Lv19」
「危機察知 Lv16」「体力自動回復 Lv17」「魔力自動回復 Lv20」「光魔法 Lv18」
「水魔法 Lv22」「風魔法 Lv11」「土魔法 Lv11」「雷魔法 Lv14」「時空魔法 Lv8」
「重力魔法 Lv8」「猛毒生成 Lv17」「麻痺毒生成 Lv13」「睡眠毒生成 Lv13」
「混乱毒生成 Lv13」「痛覚耐性 Lv14」「猛毒耐性 Lv17」「麻痺耐性 Lv13」
「睡眠耐性 Lv13」「混乱耐性 Lv13」「幻惑耐性 Lv9」「水耐性 Lv12」
「雷耐性 Lv12」「瘴気 Lv13」「飛翔 Lv12」「硬化 Lv12」「雷纏 Lv15」
称　号：「転生者」「スキルコレクター」「進化者」「大物食い《ジャイアントキリング》」「暗殺者」「同族殺し」

種族：ミアキス（変異種）
名前：なし
ランク：D　　レベル：1
体力：193/193　魔力：353/353
攻撃力：232　防御力：238
魔法攻撃力：387　魔法防御力：383　敏捷：234

スキル：「特殊進化」「言語理解」「詠唱破棄」「アイテムボックス Lv20」「鑑定 Lv20」
「思考加速 Lv21」「生命探知 Lv21」「魔力探知 Lv21」「敵意察知 Lv20」
「危機察知 Lv17」「体力自動回復 Lv18」「魔力自動回復 Lv21」「光魔法 Lv19」
「水魔法 Lv23」「風魔法 Lv12」「土魔法 Lv12」「雷魔法 Lv15」「時空魔法 Lv9」
「重力魔法 Lv9」「猛毒生成 Lv18」「麻痺毒生成 Lv14」「睡眠毒生成 Lv14」
「混乱毒生成 Lv14」「痛覚耐性 Lv15」「猛毒耐性 Lv18」「麻痺耐性 Lv14」
「睡眠耐性 Lv14」「混乱耐性 Lv14」「幻惑耐性 Lv10」「水耐性 Lv13」
「雷耐性 Lv13」「瘴気 Lv14」「硬化 Lv13」「雷纏 Lv16」
称　号：「転生者」「スキルコレクター」「進化者」「大物食い《ジャイアントキリング》」「暗殺者」「同族殺し」

第９話　それぞれの祖先

進化の光が収まったとき、僕はカブトムシの姿から四足歩行の動物のような姿に変化している気がした。すぐに穴から這《は》い出《だ》し、水魔法で鏡を作り自分の姿を確認する。

（おおう、これはダメだ……）

ドッグーやキャットーの祖先ということで、もしかしたらかわいらしい姿かもと期待したけど、水の鏡に映ったのは黒いイタチのような魔物だった。明らかに魔物っぽいこの姿で人前に出るのは危険そうだ。となると、どこかの地下迷宮《ダンジョン》に籠もってレベル上げをするか……いや、こっそり入るのが大変だから、この森の深くで隠れながら魔物を倒してもいけるかな？　幸い、思ったほどは弱体化しなかったから、簡単にやられることはないだろう。

（まずはこのスーラの森がどんなところか確認してみるとするか）

僕は探知を使いながら、森の奥深くを目指した。

（ああ、雨が降ってきたか）

僕がスーラの森を探索し始めてから数時間後、大粒の雨が降ってきた。すぐに水の壁《ウォーターウォール》で傘を作ったからまだ濡《ぬ》れてはいないけど、どこか雨宿りができるところを見つけなくては。

辺りをキョロキョロ見回すと、小高い丘の斜面に洞窟の入り口のようなものを見つけた。ひょっとしたら地下迷宮《ダンジョン》かとも思ったけど、探知で中を確認したらすぐに行き止まりだったので、安心して中に入って一休みすることにした。

（お邪魔しまーす）

心の中で挨拶をして中へと入っていく。入り口付近は比較的明るいが、奥の方はかなり暗い。だが、先ほど探知したときは魔物はいないようだったので、安心して奥へと進む。行き止まりの少し手前で、丸くなって休憩しようとしたまさにその瞬間、驚くべきことが起こった。

「あら、こんなところにキャットー……じゃないわね。暗くてよく見えないけど……魔物？」

奥から人の声が聞こえてきたのだ。まさかこんなところに、僕の探知にかからない人間がいたとは。鑑定してみたけど、特に隠蔽系のスキルがあるわけじゃない。何だろう？　特異体質？

しかも、暗くて見えづらいとは言ってるけど、キャットーじゃないとわかる程度には見えてるってことだよね。この暗闇の中で。僕は少し警戒度を引き上げながら、奥の人物を観察した。

ネコの祖先だからだろうか、段々と目が慣れてきて少し見えるようになってきた。奥にいたのは二十代か三十代か、比較的若い女性のようだ。服装は……えっ？　メイド服？　なぜかメイド服を着ているのだが、その服は見るからにボロボロだ。古くなったというより、まるで誰かと戦った後のように。

「ふふ、一人が寂しくてつい話しかけてしまったけど、魔物のあなたにわかるわけなかったわね。そう、いっそのこと私を噛《か》み殺してくれないかしら？」

僕が黙ってその女性を見つめていると、物騒な独り言を言い始めた。『私を噛み殺してくれ』って、どういう状況だ。そんなこと言われても、僕にできるわけないじゃないか。生肉だって食べられないのに。

とりあえず、敵意察知は働いていないので、警戒を解いて近づいてみた。向こうも僕に敵意がないことに気がついたのか、はたまた敵意があっても問題ないのか、僕が近づいても特に警戒する様子もなく、それどころか手を伸ばして僕の背中をなでてきた。何だか背中をなでられるのが気持ちよかったので、僕はその場に丸くなりしばらく休むことにした。

僕が洞窟に来てから数時間が経《た》った。その間、メイド服の女性はずっとぽつりぽつり呟《つぶや》きながら僕の背中をなで続けていた。その独り言から、この女性の素性が何となくわかってきた。この女性、名前をエミリアといい、何と別の大陸にある帝国のスパイだったようだ。ところが、王国の王子様と恋仲になり子どもを身ごもってしまったというのだ。まるでスパイ映画みたいな展開だな。帝国を裏切るわけにもいかず、かといって夫と子どもを置いて帝国に戻れない。そんな状況で子どもを育てられるはずもなく、出産してすぐ泣く泣く養護院に預けたそうだ。

子どもを産んでから四年間、王国が致命的に不利にならない程度の情報を帝国に流しながら、何とかスパイとバレずに生活していた。

ところが最近になって素性がバレてしまい、王都の兵達に追われながら命からがらこの洞窟へと逃げ込んだというわけだ。もう王国にも帝国にも戻れない。娘に会うことも叶《かな》わないだろうと、自

暴自棄になっての殺してほしい発言だったようだ。

数時間しゃべりっぱなしでさすがに疲れたのか、エミリアさんは洞窟の岩壁に寄りかかって寝てしまった。

さて、僕はどうしたらよいだろうか？　話を聞いてしまった手前、すでに見捨てられそうにない自分がいるのは自覚している。しかし、会話もできない、見た目は魔物、どうすればこのエミリアさんを救うことができるだろうか……

うん、まずは食事だね。人間お腹《なか》いっぱいになれば、悪いことはしないって言うし。

僕はアイテムボックスに入っているホーンラビットを二羽ほど出して、その横に同じく果物を割とつやつやしている毛で磨いて二つ置く。それから、レベル上げと食料調達を兼ねて洞窟を出て魔物を探すことにした。


雨はいつの間にか上がっていたが、地面がぬかるんでいたので木に登り、枝から枝へと移動していく。この辺りはさすがネコの祖先、軽い身体《からだ》も相まってスイスイと移動できる。今回は、きちんと探知が仕事をしてくれたようでほどなくして、一本の枝にとまる鳥の魔物を発見した。

（ふむ、鑑定の結果レインボーターキーと出てるな。見た目はまるで七面鳥だ。確かレアな高級食材じゃなかったかな？　これはついてるぞ！）

僕が見つけたのは、脂の乗ったお肉がおいしそうな鳥の魔物だった。これを仕留めて持ち帰れば、エミリアさんも喜ぶかもしれないね。僕はスルスルと音を立てないようにレインボーターキーに近づいていった。

タン！

僕は、枝にとまるレインボーターキーのさらに上から丸々と太った鳥へ向かって飛び降りた。

「キィィィ！」

僕の不意打ちは成功し、首の後ろに噛《か》みつくことができた。しかし、思ったよりも脂肪が厚く一撃で致命傷とはならなかったようだ。驚いたレインボーターキーが叫び声を上げながら、僕を振りほどこうと枝から飛び降り暴れ出す。

レインボーターキーが首をブンブン振り回す度に、僕の小さな身体も振り回される。時々、地面に当たるのだが防御力がそこそこあるおかげでダメージはない。けど、このままだと目が回ってしまいそうだったので、トドメを刺すことにした。

（エアリアルブレード！）

僕は大気の刃《やいば》を作り出し、暴れるレインボーターキーの首を切り落とす。ついでに、足をくわえて木に登り、血抜きも済ませてしまおう。しっかり血抜きをしたレインボーターキーをアイテムボックスにしまい、エミリアさんが待つ洞窟へと戻ることにした。

（お邪魔しまーす）

心の中で挨拶をしながら洞窟へと入っていく。相変わらずエミリアさんの気配は薄く、いるとわかっていても集中しないと探知にかからない。ん？　何だか生命探知の反応が弱いような？　僕は嫌な予感がしたので洞窟の奥へと急いだ。

「ハァハァ……ウゥ」

洞窟の奥ではエミリアさんが息を荒くしながら倒れていた。すぐに近寄り状態を確認する。

(これは……足にある切り傷の周りが変色している。感染症か……いや、毒かもしれないな)

僕が持ってる知識を総動員して対処方法を考える。確か、毒は傷口から吸い出すのはあまり意味がないけど、やらないよりはましか。直接吸い出すのは僕がその毒に犯される危険性もあるけど、今の僕は毒耐性を持ってるからね。大丈夫なはず。

傷口に鋭い爪で小さく十字の傷をつけ、毒を吸い出した。獣の口だと吸い出すのが難しかったけど、何度か繰り返すことで上手《うま》く吸い出すことができたようだ。それから、傷口を心臓より低い位置に置いて、安静にさせる。血清があればいいんだけど、何の毒かもわからないし作る知識もない。あっ、そうだ。薬草があったはず。解毒効果があるかわからないけど、すりつぶして飲ませておこう。余った薬草は傷口に貼っておくか。

それから、少しでも体力の足しになるように果物もすりつぶして飲ませてあげよう。土魔法で台を作って、くぼみに果物をはめてっと……上からこれまた土魔法で作った板で押しつぶせばくぼみに果汁が溜《た》まるって寸法だ。ほとんど意識がなかったから、その果汁を無理矢理《むりやり》にでも飲ませておいた。これで少しはよくなるといいんだけど……

土魔法でベッドを作り、なんとかそこに寝かせる。水魔法で出した水を飲ませるとき、一滴僕の血を混ぜてみた。僕は毒耐性を持ってるから効くんじゃないかと思って。それから自分の食事を用意しようと思ったんだけど、とりあえず果物でお腹を満たしておいた。この身体になってから、無性にお肉が食べたくって仕方がない。『絶対に生肉なんて嫌だ』って思ってるんだけど、気がつくとレインボーターキーの肉を取り出してよだれを垂らしていた。油断したらがぶりといっちゃいそうだ。元人間としては何とかそれは避けたいところなんだけど。

肉類はしっかりアイテムボックスにしまって、強い意志を持って我慢しよう。そして、エミリアさんが復活したら、レインボーターキーの肉を焼いてもらうんだ。

こうして、エミリアさんの看護を始めてからおよそ二日、荒かった息も落ち着き、顔色もよくなってきた。これは、目を覚ますのが近いかもしれない。そう判断してから数十分後、予想通りエミリアさんが目を覚ました。

「あら、まだ死んでなかったのね。これは……あなたが貼ってくれたのかな？」

目を覚ましたエミリアさんは、傷口に貼られている薬草を見てそう呟いた。

「それに、うっすら覚えているわ。薬草や果物をすりつぶして飲ませてくれたのもあなたね。ひょっとして、あなたって高ランクの魔物なのかしら？　明らかに高い知能があるみたいだけど……魔物がなぜ人間の私を助けてくれるのかしら？」

薬草か僕の血かわからないけど、すっかり元気になったエミリアさんが僕に次々と話しかけてくる。もちろん返事を期待しているわけではないだろうから、僕に話しかけながら自分の考えを整理しているのかもしれないね。

僕がエミリアさんの話をじっと聞いていると、次第に考えがまとまったようで、うんうん頷《うなず》きながら僕が召喚主を亡くした召喚獣だという結論に達したようだった。まあ、それでいいや。

それから彼女は僕が出しておいたレインボーターキーを見つけ、その肉を焼き始めた。エミリアさんが火を出す魔法道具《マジックアイテム》を持っていてよかった。最初は焼いたお肉を僕が食べるとは思わなかったのか、自分だけで黙々と食べていたけど、僕が物欲しそうな目で見つめていたら分けてくれた。やっぱり生より焼いた肉だよね。久しぶりの焼き肉に僕のテンションも爆上がりでした。

「ふふふ、私はここで死ぬつもりだったけど、こんな私を助けてくれる人……魔物がいてくれるならもう少し頑張ってみようかな」

お腹いっぱいになったエミリアさんは、少し前向きになってくれたみたいだ。よかった。頑張って助けたかいがあったね。どうやらエミリアさんは、一度、帝国に戻ることにしたようだ。そこでスパイとしての任務を破棄して、王国で暮らせるように交渉してみるそうだ。

目に輝きが戻ったエミリアさんを見て、もう大丈夫だと確信した僕は洞窟を出て、すっかり雨が上がった森へと戻っていった。


エミリアさんと別れた僕は、森の中で魔物狩りを再開し、無事レベルを最大にすることができた。

□進化先を選んでください
・キラードッグ
・キラーキャット

・キラーフォックス
・バトルホース
・ファングウルフ

おおっと!?　次の進化先は全て動物系の魔物っぽいぞ！　これは上手く選べば街中に入れるようになるかもしれないな。

街中に入っても怪しまれないという観点で見ると、まず、キラーフォックスとファングウルフはないだろう。キツネも狼《おおかみ》も人間にとってあまりいいイメージはないだろうから。バトルホースもちょっとないかな。馬車とか引かされそうだし。となると、キラードッグかキラーキャットの二択か。

よし、自由気ままな猫に憧れたこともあったし、ここはキラーキャットにしてみるか。僕がキラーキャットを選択し、念じると身体が光りに包まれていき……

種族：ミアキス（変異種）
名前：なし
ランク：D　　レベル：30　進化可
体力：280/280　魔力：440/440
攻撃力：319　防御力：325
魔法攻撃力：474　魔法防御力：470　敏捷：321

スキル：「特殊進化」「言語理解」「詠唱破棄」「アイテムボックス Lv21」「鑑定 Lv21」

「思考加速 Lv22」「生命探知 Lv22」「魔力探知 Lv22」「敵意察知 Lv21」

「危機察知 Lv18」「体力自動回復 Lv19」「魔力自動回復 Lv22」「光魔法 Lv19」

「水魔法 Lv23」「風魔法 Lv12」「土魔法 Lv12」「雷魔法 Lv15」「時空魔法 Lv9」

「重力魔法 Lv9」「猛毒生成 Lv19」「麻痺《まひ》毒生成 Lv15」「睡眠毒生成 Lv15」

「混乱毒生成 Lv15」「痛覚耐性 Lv15」「猛毒耐性 Lv18」「麻痺耐性 Lv14」

「睡眠耐性 Lv14」「混乱耐性 Lv14」「幻惑耐性 Lv10」「水耐性 Lv13」

「雷耐性 Lv13」「瘴気《しょうき》 Lv14」「硬化 Lv14」「雷纏《まとい》 Lv16」

称　号：「転生者」「スキルコレクター」「進化者」「大物食い《ジャイアントキリング》」「暗殺者」「同族殺し」

種族：キラーキャット（変異種）
名前：なし
ランク：D　　レベル：1
体力：224/224　魔力：422/422
攻撃力：262　防御力：256
魔法攻撃力：407　魔法防御力：403　敏捷：244

スキル：「特殊進化」「言語理解」「詠唱破棄」「暗視」New!「アイテムボックス Lv22」

「鑑定 Lv22」「思考加速 Lv23」「生命探知 Lv23」「魔力探知 Lv23」「敵意察知 Lv22」

「危機察知 Lv19」「体力自動回復 Lv20」「魔力自動回復 Lv23」「光魔法 Lv20」

「水魔法 Lv24」「風魔法 Lv13」「土魔法 Lv13」「雷魔法 Lv16」「時空魔法 Lv10」

「重力魔法 Lv10」「猛毒生成 Lv20」「麻痺毒生成 Lv16」「睡眠毒生成 Lv16」

「混乱毒生成 Lv16」「痛覚耐性 Lv16」「猛毒耐性 Lv19」「麻痺耐性 Lv15」

「睡眠耐性 Lv15」「混乱耐性 Lv15」「幻惑耐性 Lv11」「水耐性 Lv14」

「風耐性 Lv14」New!「土耐性 Lv14」New!「雷耐性 Lv14」「瘴気 Lv15」「硬化 Lv15」

「雷纏 Lv17」

称　号：「転生者」「スキルコレクター」「進化者」「大物食い《ジャイアントキリング》」「暗殺者」「同族殺し」

第10話　自由気ままなあいつ

　光が収まったところで僕は、水魔法で水の鏡を作り出し自分の姿を確認する。そこには薄い灰色の毛に黒いラインが入った、アメリカンショートヘアーに似た猫が映っていた。

（これはいける！　めっちゃかわいい！　二本の牙がちょっと長いのが玉《たま》に瑕《きず》だけど、これくらいなら許容範囲だろう。僕が見たことのあるキラーキャットは、もっと大きくて毛も茶色だったはずなんだけど変異種だからだろうか？）

　体長はおよそ三十センチメートルといったところか。子猫よりはちょっと大きめだけど、これなら魔物とは思われないはずだ。ステータスもいい感じで引き継いでいるから、今後も魔法主体でいけそうだ。それにキラーキャットの特性か、敏捷《びんしょう》の初期値がすごく高くなっている。これなら、ランクは下がったけど、総合的な強さでいけばサンダービートルより上かもしれないな。

　後は、スキルの確認か。新しく増えたのは暗視と風と土の耐性。暗視はおそらくキラーキャットのスキルだろう。風と土はなぜこのタイミングかはわからないけど、僕が持っている魔法スキルと連動していると思われる。

　それから魔法だが……!?　重力魔法と時空魔法がＬｖ10になってる!!　どちらも第五階位の魔法がなかったからレベル上げができなかったけど、進化の度に1ずつ上がってようやく10に到達したのか。

どれどれ、重力魔法の第四階位は〝ヘビィ〟か。一定範囲の重力を増大させる魔法だ。レベルが上がる毎《ごと》に範囲と重力が増えていくようだ。

時空魔法の第四階位は〝スロウ〟か。こちらは一定範囲の時の流れを遅くする魔法だ。一見すると相手にかけるデバフ魔法のように見えるが、実際は時空魔法だから相手の耐性に関係なく動きを遅くすることができる優秀な魔法だ。この魔法があれば、ファントムタイガーにももっと楽に勝てるだろう。


よし、色々確認が終わったところで、少しレベル上げをしておこうと思う。天国への扉《ヘブンズドア》でレベル30くらいまで上げてから、念願の街生活を始めようではないか。この身体《からだ》になったら木の蜜だけでは生きていけないだろうから、早急に食事を何とかしなくてはならない。

種族的には倒した魔物をそのまま食べてそうな感じがするが、僕にできる気がしない。何とか調理された料理を確保する手段を見つけなくては……

僕は三日間ほどかけて二十階層でレベル30まで上げた後、急いで出口へと向かった。アイテムボックスに残っていた木の蜜を舐《な》めてはいたけど、それもそろそろ限界にきている。これ以上、何も食べないでいると身体も心も持たないだろう。上がった敏捷と重力魔法、時空魔法を駆使して魔物を置き去りにして出口へと急いだ。

降りるときは七日ほどかかった道のりも、三日で踏破した。それぞれの階層の階段の位置を覚えていたのもよかった。入るときはあれほど苦労した入り口も、出るときは冒険者の後ろをさも使い魔のように歩いていたら簡単に出ることができた。さすがは猫。みんなの警戒心が薄い。

天国への扉《ヘブンズドア》を後にした僕は、『いつかまた来て踏破してやる！』と心の中で宣言しつつ東にある王都へと向かった。途中、木に生《な》っている果実を食べて空腹を紛らわし、王都目指して疾走する。

二日かけて王都へと着いた僕は、衛兵さんの検問を逃れるために、商人の荷物に紛れて王都への侵入を果たした。

◇　◇　◇

王都に入る門をくぐった僕の目に飛び込んできたのは、人、人、人。たくさんの人と建物。さらに耳には街特有の喧噪《けんそう》が、鼻には何かの肉を焼いたような食べ物のいい匂いが飛び込んできた。それにしても、王都というのにあっさり侵入できてしまった。これなら似たような大きさの魔物なら、同じように侵入できてしまうのではないかと心配になってしまう。初めての王都ではあるが、そんなことを冷静に考えているとグゥと小さなお腹《なか》が鳴った。

（まずは食事を何とかしなくては）

僕はおいしそうな匂いがする一角へと歩みを進めていった。

正門から数分歩いたところで、食事処《どころ》が並ぶ通りへとたどり着いた。もちろん、正面から店に入るわけにはいかないので、小さく身軽な身体を利用して裏口を見てまわる。さすがに田舎《いなか》の村のように食べられる野菜や果物がその辺に置いてあるわけはないが、店の裏には残飯を捨てるゴミ箱らしきものは見て取れた。問題は僕にそれを漁《あさ》る勇気があるかどうかなのだが……

（ちょっと無理かな……）

本当に生きるか死ぬかの瀬戸際ならわからないが、こうも意識がはっきりとしている中ではちょっと難しそうだ。僕がそんな感じで、残飯が入ったゴミ箱とにらめっこをしていると、不意に裏口のドアが開いて一人の料理人らしき男が出てきた。

「おんやぁ～、野良猫かぁ？　この辺では見たことない顔だなぁ～。それにしても、随分いい毛並みをしてるんだなぁ～」

（しまった。残飯に気を取られすぎて探知を忘れていた）

「にゃ～」

とりあえず魔物であることがバレないように『にゃ～』と鳴いてみた。鳴いてみて気がついたが、これが僕がこの世界に来て初めてしゃべった言葉になる。今までは声を出すことができなかったからね。しかし、初めての言葉が『にゃ～』とは……

「どれぇ～、お腹が空《す》いてるんだなぁ～？　ちょっと待ってろよぉ～」

そんな僕の心の葛藤がわかるわけもなく、白いエプロンがよく似合う小太りの男は、そんなことを言いながら店の中へと戻っていった。

（それにしてもあの人、僕が腹ぺこだってよくわかったな）

数分後に出てきた男の手にある小さな皿には、めいっぱい焼いた肉が盛られていた。

「猫なら魚がよかったかなぁ～、でもオラが勤める店は焼き肉店なんだなぁ～。オークの肉しかないんだべ～。さぁ、どうぞぉ～」

いやいや、僕は昔から魚より肉派ですから。喜んでいただきますよ！

（おお！　今まで食べたことがない肉だがこれはおいしいぞ！　出会ったばかりの野良猫にこんないい肉をごちそうしてくれるなんて、なんていい人なんだ！）

こちらの世界に来てからの初めてのまともな食事に、警戒も忘れて夢中になってしまった。

「おいこら、オッチョ！　また野良猫なんかに店の肉をあげやがって！　てめぇの給料から引いとくからな！」

僕が夢中でお肉を食べていると、裏口から顔を出した厳《いか》ついおじさんが小太りの男を叱りつけていた。

「またお腹が空いたらここにおいでねぇ～」

オッチョと呼ばれた男性は、厳つい男に聞こえないように小さな声でそう言い残すと、苦笑いを浮かべながら空になった皿を持って店へと戻っていった。

（オッチョって言うのかこの男の人は。またって言われてるくらいだから、しょっちゅう似たようなことをしてるのだろう。それにしても、自分の給料から引かれるのがわかってるのに、僕にお肉を恵んでくれたのか……これは恩返しをしなければ！）

僕は食事を終えて無意識に毛繕いをしながら、どうすればこの恩を返せるのかを考えていた。

しばらく考えた後、王都での初の食事に満足した僕は、次に王都の情報を集めることにした。

まず僕に食事を恵んでくれたオッチョさんが働いていたのは、「オーク亭」という焼き肉店だった。あの肉はオークの姿形からは想像できないおいしさだったな。

彼はお腹が空いたらまたおいでと言ってくれたから、何とかあそこで定期的に食事ができればいいのだが……さすがに毎回ただで貰《もら》うのは気が引ける。

かといって、お金を払いたくても僕にはお金を稼ぐ手段がない。アイテムボックスには物凄《ものすご》い数の魔物の死体が入ってはいるが、猫が換金できるとは思えない。となると、いっそのことオークを狩ってきて渡すのがいいかもしれないな。

食事の問題はひとまずそれで様子を見るとして、次は寝床をどうにかしなくては。そのためにも少し王都の中を歩きまわってみるか。

数時間ほどかけて一通り回ってみたところで、何となく王都の造りを理解することができた。

まず、この王都は東西南北にそれぞれ門があり、そこから中心に向かって延びるメインストリートは、全て中央に鎮座している城へと続いている。防衛の面ではどうかと思うけど……

正門となる南門から繋《つな》がるメインストリートの両側には、武器屋や防具屋、薬品店やアクセサリーショップなどが立ち並ぶ。東門からのメインストリートは、食料品を扱う店や宿屋が多く、西門からのメインストリートは各種ギルドが拠点を構えている。街の北側は居住区となっているが、どのエリアも街の中心に近づくにつれ高級な佇《たたず》まいとなっている。故に城を中心とした街の中央部は貴族街となっているようだ。

南東のエリアには冒険者や商人のための宿が多く、南西のエリアは鍛冶《かじ》や薬品の工房などがひしめいていた。

北側の居住区は中央こそ貴族達の豪邸が立ち並んでいたが、逆に北東の端の方にはあまり治安がよくなさそうなエリアもあった。そこには孤児達を集めた養護院なんかも見かけた。

この世界は基本的に平屋の建物が多いようで、一番高い建物は中心にそびえるお城だ。三階建て以上の建物はほとんどなく、貴族の豪邸も各種ギルドも大体は二階建てだった。その他の建物に至ってはほぼ全て平屋となっている。

ということで、僕は寝床を見つけるために王都北東の貧民街に来ている。ここには空き家も多く、他の野良猫や野良犬なんかも住み着いているみたいなので、僕が目立つことはないと思ったからだ。

ちなみにこの辺りの野良犬、野良猫はすでに制圧済みだ。それぞれのボスっぽいヤツをひと睨《にら》みしたら、お腹を見せて寝っ転がっていたから、僕に逆らうヤツはもういないだろう。

都合よく一軒の平屋の天井裏が空いていたようなので、しばらくはここを寝床とさせてもらうことにしよう。留守中に他の動物に入られるのも嫌なので、土魔法で隙間を全て塞いでやった。土魔法を使えないと入れないので、普通の動物に入られることはないはずだ。

寝床を確保したところで、それぞれのエリアをもう少し詳しく探索してみることにした。

まずは食料品を扱う店が多い東側のエリアに行ってみよう。お肉をたくさん食べたからそれほどお腹は空いていないけど、食べられるものを発見したらアイテムボックスにしまっておきたい。少しでも蓄えがあった方が安心できるからね。

メインストリートの両側は、どちらかと言えばレストランのように料理を提供する店が多く並んでいる。食材を売っているような店はメインストリートから一〜二本外れた通りに店を構えているようだ。

店の様子はまるでお祭りの露店みたいだ。さすがにこの姿で料理を提供する店に入るわけにはいかないから、食材を売っているお店を中心に見ていく。できるだけ、かわいらしく歩きながら。

幸い、キラーキャットと言っても変異種のおかげで毛の色が違っているから、魔物だとバレる可能性は低いだろう。それどころか、どこへ行っても猫としてかわいがってもらえている。

野菜や果物を売っている店では、リンゴのような果物を貰えたし、肉屋ではソーセージのようなものを出してもらえた。

ただ、魚介類を売っている店はほとんどなく、唯一売っていた店でも干物のような乾燥したものばかりだった。おそらく海から新鮮な魚を運んでくる技術がないのだろう。僕がアイテムボックスで運べば一儲《ひともう》けできそうな予感がする。

それはさておき、貰った食べ物は食べる振りしてこっそりアイテムボックスへとしまっていく。この調子なら、食べ物に関してはあまり心配しなくてもよさそうだ。ただ、元日本人の気質か貰いっぱなしだと気持ち悪いので、何とかお礼をしたいのだが……

この姿でも魔物の素材を換金できるところがあるといいんだけど……

まあ、とりあえずは怪しまれない程度に役に立つものを置いていくしかないか。

東エリアで食料を確保した僕は、次に南側の武器、防具エリアへと足を向けた。

さすがに王都ともなると、様々な種類のお店が立ち並んでいる。武器屋にしても樽《たる》の中に無造作に入れられた剣もあれば、店先に自慢するかのように飾られている光り輝く大剣なんかも目に入る。

目につくものは片っ端から鑑定しているが、安物は青銅や鉄でできているものが多い。それなりのケースに入って売り出されているものは鋼や銀、黒鉄《くろがね》といった素材だった。ちなみに店先に自慢気に飾られていた大剣はミスリル製で、敏捷＋20という効果が付与されていた。

防具屋の素材も似たり寄ったりで、やはりミスリル製のものが最高級品として扱われているようだった。

それからポーションなんかを売っているお店も発見したのだが、こちらは外からは中を窺《うかが》うことができずちょっと残念。

他にも露店形式のお店も並んでおり、アクセサリーを並べて置いていたり、『剣を研ぎます』という看板を出している人などもいた。

それから、魔法道具《マジックアイテム》屋さんという店も見つけたが、こちらも中に入ることができず見ることは叶《かな》わなかった。いずれ人型に進化できたら行ってみたいものだ。

南西の工房エリアにも行ってみたが、さすがに工房ともなるとどこもセキュリティがしっかりしており、簡単に覗《のぞ》けるところではなかったので、素通りして各種ギルドが並ぶ西エリアへと向かった。

ざっと見てまわっただけでも、冒険者ギルド、商人ギルド、鍛冶ギルド、魔法ギルドなどなど様々な職業ギルドを見つけることができた。中でも警戒が緩そうな冒険者ギルドへの侵入を試みることにした。

冒険者の中には、テイムしたのか召喚したのかはわからないが、僕のような魔物を連れて歩いている人もいた。ただ、その魔物に共通するのは首輪をしており何やらタグのようなものをつけていることだ。おそらく、使い魔である証明みたいなものなのだろう。

そんな魔物に紛れ僕も冒険者ギルドのドアをくぐった。

(おぉ、これが冒険者ギルドか！)

そこには様々な武器や防具を身に纏《まと》った冒険者達がいた。人間だけではなく、耳の尖《とが》ったエルフや動物の特徴を持つ獣人なんて呼ばれる者もいる。

入ってすぐ正面には大きな掲示板が立てられており、たくさんの紙が貼られていた。よく見ると、依頼内容や報酬などが書かれている。

(これがクエストってやつか)

確かマイラの村に来ていたエリックもクエストを受けてきたって言ってたはずだ。これがそのクエストとやらなのだろう。

それからその掲示板の右側を見てみると、カウンターがたくさん並んでいた。右から順に新規登録カウンター、クエスト受注カウンター、クエスト報告カウンター、素材査定カウンターと書いてある。今更だけど、最初のスキル選択で言語理解を取っておいてよかった。

カウンターの反対側には食堂兼酒場があり、その横には小さいながらも武器や防具、ポーションなどを売っているお店があった。

僕は掲示板の横にちょこんと腰をかけて、冒険者達の鑑定を開始する。

種族　人族
名前　ヘラルド
ランク　B
レベル　42
体力　201／201
魔力　62／62
攻撃力　187
防御力　175
魔法攻撃力　58
魔法防御力　143
敏捷　156

スキル
剣術　Ｌｖ12
毒耐性　Ｌｖ４

ほほう。そこそこ強そうな人を鑑定してみたらＢランクの剣士だった。このステータスだと単独でＢランクの魔物を倒すのは難しそうだけど、武器や防具で底上げできるのかな？　それともＢランクとはパーティーでＢランクの魔物を倒せるということなのかな？

よし、次は魔法使いっぽい人を鑑定してみるか。

種族　エルフ
名前　ニーア
ランク　Ｂ
レベル　46
体力　１８６／１８６
魔力　２２３／２２３
攻撃力　１６１
防御力　１３８
魔法攻撃力　２４７

魔法防御力　２３４
敏捷　　　　１８１

スキル
細剣術　Ｌｖ14
精霊魔法　Ｌｖ15
魅了耐性　Ｌｖ６

ふむふむ。一応、このギルドでもかなり強そうな人を鑑定してみたんだけど、またBランクだった。ひょっとしてAランクとかって珍しいのかな？　しかし、このエルフのお姉さんはなかなかの強者だね。さっきの剣士の男性より強いかもしれない。

そこそこの時間をかけて他の人も鑑定してみたけど、この二人を超える人は見つけられなかった。残念。

冒険者ギルドを出たときには、もう日が暮れかけていたので僕は寝床へと戻り、メインストリートで貰ったリンゴっぽい果物を一切れ食べて眠りについた。ちなみに鑑定したら名前はリーンゴでした。リーンゴよ！　エービに続きお前もか！

王都の貧民街のぼろ屋の屋根裏で目覚めた僕は、背中をひと伸びさせてから家の外へと繰り出した。

さて、今日は王都の外の様子を見に行くとしようか。どこにどのような魔物がいるのかを把握して、僕に食べ物を恵んでくれた人達にお礼として渡せるものを探さないとね。

とはいっても、そう毎回毎回、荷馬車に隠れて入るのもリスクが高すぎる。何とか街の中と外を行き来する方法を考えなくては……

僕は貧民街に面している防壁沿いに来てみた。石を積んで作ったであろう防壁は、高さは十メートルほどあるだろうか。

（とりあえず駆け上がってみるかな）

生命探知を使って近くに人がいないのを確認し、一気に壁を駆け上がってみた。

（うん、普通に上がれちゃったね）

今は朝早い時間帯だから人もそれほどいなかったけど、明るいうちだと目立ってしまうかもしれない。そうなると、日が暮れた後に行動を開始するのがいいかもしれないね。

とりあえず、今日は防壁を越えることができたのでこのまま外へと出てしまおう。

僕の仕入れた情報によると、ここヴェルデリン王国の王都の北には『ウェーベル』の街が、東には『モーリス』の街が、そして南には『ガルガンディ』という街があるらしい。もちろん西には地下迷宮《ダンジョン》『天国への扉《ヘブンズドア》』が存在している。

僕はしばらく王都でこの世界の人達の暮らしを見てみるつもりだから、当面地下迷宮《ダンジョン》に籠もるつもりはない。なので、この王都周辺で魔物を狩って食事の対価を手に入れなくてはならない。とりあえず、オーク亭のオッチョさんに渡すのに、オークがいるといいんだけど……

北と西は移動のときに通ったので、今回は東の方に行ってみるとしよう。

モーリスの街へと続く街道周辺は、丈の低い草が生える草原が広がっていた。ここにはウサギ型の魔物や狼《おおかみ》型の魔物は探知にかかるが、オークはいないようだ。駆け出しの冒険者達のいい狩り場なのだろうか、若い冒険者パーティーが数組狩りをしていた。

僕にとっては大して魅力のない獲物達だが、せっかくなので昨日見かけた養護院にでも寄付しようとホーンラビットを十数羽狩っておいた。

ホーンラビットは額に一本の角が生えているウサギでFランクの魔物だ。これなら、猫が倒してもおかしくないだろう。

午前中いっぱい東側を探索したが、薬草が少し見つかっただけでそれ以上のものは見つからなかった。僕はいったん王都に戻りお昼ご飯に昨日貰った魚の干物を食べた後、今度は南側を調査してみることにした。

ガルガンディへと向かう街道をしばらく歩いていると、西側に大きな森が現れた。名前はわからないが、この規模ならオークもいるかもしれない。僕は一気にスピードを上げて森へと入っていった。

まず森に入って最初に出遭ったのはゴブリンだ。薄緑色の肌をした小柄な人型の魔物で、Eランクと一体の強さはそれほどでもない。だが、このゴブリンは必ず複数で行動しており、その数にやられる初心者パーティーが後を絶たないそうだ。

まあ、それでもある程度の実力に達すると、ゴブリンが何体来ようが問題なくなるのだろうけど。

今回は地下迷宮《ダンジョン》で倒したような上位種はおらず、エアカッターで首を刎《は》ねて倒してしまう。

それから、懐かしいワーム先生と遭遇したり、リーンゴの実が生る木を見つけたので、その実を大量にアイテムボックスに入れておいた。これで当分は飢えるということは回避できそうだ。

小一時間ほど森をうろついたところで、ようやく目当てのオークを見つけることができた。Dランクのオークはゴブリンよりも体格がよく、力も強いが僕の相手ではない。すぐに倒そうかとも思ったのだが、どこかを目指して真《ま》っ直《す》ぐ歩いていくので、ひょっとして集落でも作っているのかと思い跡をつけてみることにした。

確か、昨日訪れた冒険者ギルドでもオークの目撃情報が増えているとか何とか言っていた気がする。オークは人間をさらって食べたり、女の人にひどいことをして子どもを産ませたりするらしい。見つけたらすぐに討伐するのがこの世界の人間達の常識のようだ。

僕も元人間としてそのような行いは許すわけにはいかない。

オークの跡をつけること一時間強。予想通り、オーク達は廃墟《はいきょ》となった村を利用して集落を作っていた。その数はおよそ百。これはかなりの規模の集落のようだ。生命探知にはオークの上位個体、オークナイトやオークメイジもかかっている。それに一番奥にいる一際強い反応はオークキングのようだ。

王都の近くにこんなに大きな集落があるとは、この世界は思ったよりも人間達の戦闘能力は低いのかもしれないな。

とはいえ、DランクなのにAランクの魔物とほぼ同じステータスを持っている僕にとっては、この程度のオークは苦戦するものでもない。堂々と正面からオークの集落へと突撃してみた。

「ブモォォォォ！」

人型の魔物とはいえ、言葉をしゃべることはできなそうだ。いや、ランクが上がれば意思疎通できるヤツもいるのかもしれないが。

僕を見つけた一体のオークが雄叫《おたけ》びを上げる。その声に反応し、周囲にいたオーク達が集まってきた。しかし、僕の姿を見るや緊張した表情はだらしない笑みへと変わっていく。全く僕を敵と認識していないかのような反応だ。

「にゃ～」

そんな彼らの態度にイラッときた僕はとりあえず鳴いてみたのだが、思いの外かわいい鳴き声はかえって逆効果だったようだ。何体かのオークは興味なさげに元の場所へと戻っていく。

(さて、オーク退治でも始めるか……シャイニングレイン！)

僕が放った光魔法第三階位〝シャイニングレイン〟が、突然現れた光の束に呆気《あっけ》にとられているオーク達へと降り注ぐ。

「グギャァァァア！」

近くにいた十数体のオークが全身穴だらけになって倒れていく。その叫び声を聞いた別のオーク達が、手に思い思いの武器を持って飛び出してきた。

しかし、オーク達は僕の姿が倒れたオークの陰に隠れているせいか見つけられないようだ。辺りをキョロキョロしながら、侵入者を捜している姿はなんとも滑稽に映る。

（よし、ここからはなるべく傷をつけないように倒すか）

あくまで僕の第一の目的はオークのお肉を確保することなのである。シャイニングレインで穴だらけになったオークでは、オッチョさんへのお礼には相応《ふさわ》しくないと思ったのだ。

（となるとこれかな、サンダーランス！）

雷魔法第四階位〝サンダーランス〟。極限まで細くした音速を超える雷の槍がオークの脳天に突き刺さる。頭に小さな雷が落ちたオークは、立ったまま絶命し倒れた。

（むむ、もしかして上手《うま》く使えばこれでお肉を焼けるかも!?）

顔から煙を出して倒れるオークを見ながら、そんな不謹慎なことを考えてしまった。

その後さらに数十体のオークを倒したところで、水魔法で窒息させればもっと傷がつかないことに気がつき、ウォーターバレットを大きく柔らかく変化させ顔を覆ったり、メイルシュトロームで数体のオークをまとめて窒息させたりした。苦しみながら息絶えていくオークを見て、傷をつけないためとはいえ、我ながら残酷な倒し方をしてしまったと少し反省してしまった。

集落にいたオークをあらかた倒したところで、オークナイトとオークメイジを引き連れたオークキングが姿を現した。仲間を皆殺しにされ、相当に怒り心頭のご様子だ。

とはいえ、オークナイトもオークメイジもD＋ランクだしオークキングはCランクの魔物だ。A

ランクの魔物を倒せる僕にとっては恐れる相手ではない。それにしても、オーク達はこれだけ仲間がやられても逃げるという選択をしないのか。仲間思いというか頭が悪いというか……

僕がオークキング達を見つめているその間にオークメイジは詠唱を開始し、オークナイトは剣を振り上げて迫ってきた。オークキングはオークナイトの後ろから間合いを詰めてくる。僕がオークメイジ、オークナイトと対峙《たいじ》している隙を突いて攻撃してくる気だろう。

(さて、どうしたもんかな)

他のオーク達はすでに全滅させている。この三体の上位種が逃げるのなら、追いかけるつもりはなかったのだが。襲いかかってくるのなら話は別だ。

僕はまずオークメイジに狙いを定め跳躍した。所詮彼らの敏捷は100程度。300を超える僕の動きを捉えられるわけがない。シュッ、という音とともにオークメイジの首から鮮血が噴き出した。僕がすれ違い様に爪でかっ切ったのだ。実は僕の爪は、伸縮自在の優れものなのだよ。

あっという間に背後に回った僕にオークキングとオークナイトが驚きの表情を浮かべている。

(驚いている暇なんてないと思うけど)

地面に着地した僕はすぐに切り返し、今度はオークナイトの首を噛《か》みちぎった。

(おぇぇぇ、血がちょっぴり口の中に入った……)

せっかく鋭い牙があるので使ってみたのだが、後悔する結果となってしまった。

ともあれ、ほんの瞬《まばた》きする間に二体のオークを倒した僕を見るオークキングは、その顔に明らかに恐怖の色を浮かべていた。

（これで終わりだ）

恐怖で硬直しているオークキングの眉間に穴が空く。僕の放ったシャイニングアローがオークの頭を貫通したのだ。

あっさりとオークの上位種を倒した僕は、オークの死体をアイテムボックスに入れ、血は水魔法で洗い流した。オークの残りがいないか生命探知を使うと、ちょっと離れたところにオークとは違う反応を見つけた。これはおそらく人間だろう。

そういえば、ギルドでオークの話が出ていたとき、さらわれた人がいるとか何とか言ってたっけ。あの人は他人《ひと》ごとのように聞いていたけど、ついでだから助けておこう。


廃墟となった村にしては割と頑丈そうな建物に扉の鍵を壊して入ると、三人の人間が押し込められていた。若い女の人が二人に、女の子が一人。やっぱりオークが女の人好きというのは本当だったのか。けしからん。

三人とも比較的最近さらわれたばかりなのか、乱暴された形跡もなく怪我《けが》をしている様子もなかった。ただ、ひどく怯《おび》えていて三人で建物の隅に固まって震えている。

「にゃ〜」

とりあえず、かわいらしい鳴き声になるように頑張って鳴いてみた。僕が鳴いたことで、女の人二人はビクッてなっていたけど、小さい女の子が嬉《うれ》しそうに駆け寄ってきて、僕の身体をなで始めた。その様子に安心したのか、女の人二人も恐る恐るといった様子だが、僕の頭に手を伸ばしてきた。

そこからはもう、素晴らしい毛並みにうっとりしたようで、恐怖を忘れてしばらく僕の頭をなで続けていた。

一頻《ひとしき》り僕の毛並みを堪能した三人だったが、この状況がおかしいことに気がついたのだろう、慌てて僕が開けたドアへと歩み寄り、こっそりとそこから外の様子を窺っている。そして、建物の外にいたはずのオークが全ていなくなったことに気がついた三人は、僕を抱きかかえてこの廃墟となった村から逃げ出した。

おそらくただの町娘であろう三人は、王都目指して必死に森の中を走った。さほど体力のない彼女達は、何度も転びながら、それでも足を止めることなく走り続ける。余程、オークにさらわれたのが怖かったのだろう、夜になっても休むことがなかった。

もちろん森の中には他の魔物もうようよしている。武器も持たず、ただ走るだけの女性や子どもなんて格好のエサに違いない。実際、数え切れないほどの魔物が彼女達を狙っていたが、僕が全て魔法で倒していた。彼女達はそのことにまるで気がついていないようだったけど、新たに怖い思いなんてする必要はないからこれでいい。

こうして走り続けた三人は、朝方にようやく森を抜け、しばらく進んだところで彼女達を探しに来た冒険者達に出会うことができた。この冒険者達は、さらわれた女の人達の家族がお金を出し合って依頼したクエストを受けてきたのだそうだ。

Dランクの四人パーティーとEランクの五人パーティーの九人なのだが、彼らがオークの村に行ってたら全滅していたんじゃないかと思う。

昨日も思ったけど、強い冒険者というのは、それほど多くないのかもしれない。場合によって騎士団が派遣されてもよさそうなものだと思ってしまうけど、それも何か事情があるのかもしれないね。

とにかく、僕も目的のオークの肉を大量にゲットできたので、この人達と一緒に王都へと帰ることにした。自分で走った方がよっぽど速いのはわかっているけど、女の人に抱かれるという経験をふいにはしたくなかったから……


王都に戻った彼らは、まずは冒険者ギルドへと向かった。もちろん、僕も抱えられたまま。そこには女の人達の家族がいて、ギルドに入ってすぐに感動の再会となった。僕はそのときに床に下ろされ、ようやく解放されたんだけど……いや、残念だったわけではないよ。僕も自由になりたかったんだからね。

床に下ろされた僕は、女の子の両親が彼女を抱きしめて涙を流しているのを見ると、助けてよかったと思った。何か、手柄が冒険者達に持っていかれているのは悲しいが。

このままこっそり抜け出してもよかったのだが、せっかくなので、もうちょっと詳しい情報を集めようと受付カウンターの横にちょこんと座る。

どうやらこの冒険者達は、女の人達を救出するための先行隊だったようだ。この後、王都騎士団がオークの討伐に向かう予定だったらしいのだが、準備やら編成やらに時間がかかるらしく、依頼を受けた冒険者達がこっそり救出するつもりだったとか。

あの数のオークに、上位種までいたのだからこっそり救出するのも難しかったと思うのだが、そこはこの人達の実力がわからないから何とも言えない。


感動の再会が一頻り続いた後、今度は女の人達への事情聴取が始まった。三人とも誘拐されたのは昨日のお昼頃で、三人ともガルガンディの街から王都に向かっている最中、乗っていた馬車がオークに襲われたそうだ。街道に魔物が出ることは滅多《めった》にないそうだが、それでもその可能性はゼロではないということか。

彼女達はオークに連れ去られた後すぐに倉庫に連れていかれ、閉じ込められてしまったと話してくれた。そのときの恐怖を思い出したのだろう、身体が震えていた。

冒険者達の見立てでいくと、オークは序列がはっきりしており、たまたま上位の個体が不在だったから閉じ込められるだけで済んだのではないかとのことだ。何だか、体育会系の部活みたいだな。

結果的にはそのおかげで乱暴されずに済んだんだけどね。

さらわれた次の日の昼くらいに、何だか騒がしくなったと思ったら、見張りをしていたオーク達が何かを叫びながらどこかへ行ってしまったそうだ。

しばらくすると急に何の音もしなくなり部屋の隅で怯えていたところ、なぜか扉が開いて猫が入ってきたらしい。

みんなが一斉に僕の方を見た。あらやだ恥ずかしい。

そして、開いていた扉から逃げ出したときにはオークはいなくなっていて、かといって死体があったわけでもないので、どこに行ったのかはわからないという説明に、聞いていたギルドの受付嬢も首をかしげていた。

うん、全て僕のアイテムボックスに入っているのは内緒にしておこう。

話を聞いていたギルドの人が、騎士団のもとにこの情報を届けに行くために外へと出ようとしたところで、僕もその後についてギルドの外へと逃げ出した。後ろから『あっ!?』という名残惜しそうな声が聞こえてきたけど、これ以上あそこに残っていたら家まで連れていかれそうだったから仕方がない。事情聴取されている間も、女の子がじっとこっちを見つめていたからね。

さて、色々あってちょっと疲れたので今日はぼろ屋に戻って休むことにした。時間もだいぶ遅くなってきたので、オークの肉を渡しに行くのは明日にしようと思う。

僕は猫らしく小さく丸くなって目をつぶった。

次の日、僕は朝からオーク亭の裏口に来ているのだが、ここで一つ問題が発生した。

(どうやってオークの肉を渡そう……)

そう、大量の肉を持っているのはいいのだが、僕は今猫なのです。猫がアイテムボックスからオークの肉を出したら、相手はどう思うのだろう。

となると、オークを出しているところを見られるわけにはいかない。オッチョさんが来る前に置いておくことにしよう。そう考えた僕は誰もいないのを確認して、裏庭の真ん中に傷の少ないオークを一体置いた。

オークを置いてから小さな茂みに隠れて見ていると、程なくして裏口のドアがガチャッと音を立てて開いた。

予想通り中からオッチョさんが出てくる。

「!? こ、こんれは、オークでないかぁ～!? 何でこんなところにオークが落ちてんだぁ～?」

ゴミ袋片手に裏庭に出てきたオッチョさんは、すぐにオークを見つけ驚きの声を上げた。それからすぐに店内へと戻り、慌てた様子で誰かに話しかけている。

「お、親方ぁ～、裏庭にオークが落ちてるだぁ～」

「誰が親方だぁ! 師匠って呼べといつも言ってるだろうがぁ!」

親方、いや師匠と呼ばれた男の声が僕の耳にも飛び込んできた。ってか、まず気にするところはそこじゃないだろうに!

「おや……、し、師匠、裏庭に、裏庭にオークが落ちてるだぁ～」

オッチョさんが言われた通りに言い直す。

「はぁ? オッチョよ。お前は寝ぼけているのか? 裏庭にオークが落ちてるわけないだろうが。いくらオークの肉が不足してるからって、朝からくだらねぇ冗談を言ってるんじゃねぇよ!」

「いんやぁ～、んでも、おや……師匠、ほんとうにオークが裏庭に倒れてるんだなぁ……」

「つたく、そんなわけが……あるはず……オークだな……」

オッチョさんの言葉にぶつぶつ文句を言いながら現れた、オッチョさんの師匠が地面に倒れているオークを見て固まった。

「……おい、オッチョ。そいつを担いで厨房《ちゅうぼう》に持っていけ。検査をして何ともなかったら捌《さば》いて客に出すぞ」

オークを目にして数十秒固まっていたオッチョさんの師匠は、あっさりこの現実を受け止めこのオークを客に出すことに決めたようだ。

店内へと戻っていく師匠の後を追うように、オークの巨体を引きずりながらオッチョさんも店内へと戻っていった。

オークを置いた僕が言うのも何だけど、こんなに簡単に受け入れてもらっていいのだろうか。まあ、オークの肉が不足してるみたいだし、ちゃんとお礼ができたということでよしとしよう。

オッチョさんが店に入っていくのを見届けた僕は、続いて以前リーンゴをくれた果物屋さんがある露店通りへと向かった。


僕は身軽な猫の特性を活《い》かして、塀の上を軽やかに移動し、露店通りへとたどり着いた。

果物屋は前回と同じ場所に店を構えており、中ではおばちゃんがお客さんの相手をしている。僕は音もなく地面へと降り立つと、おばちゃんの店に後ろから入り込んだ。おばちゃんはお客さんの対応で僕には気がついていないようだ。

僕はその間に森で採集したリーンゴを一つテーブルの上に置いた。

「にゃー」

おばちゃんがお客さんへの対応を終えたタイミングを狙って鳴き声を上げる。

「あら、いつぞやの猫ちゃんじゃないの！　ん？　それはリーンゴの実じゃないかい。あんたが持ってきたのかい？」

テーブルに置いてあるリーンゴの実を見つけたおばちゃんが、僕とリーンゴを交互に見つめてちょっと不思議そうな表情を浮かべた。ひょっとしたら傷一つないリーンゴを見て、僕がどうやって持ってきたのか疑問に思ったのかもしれない。リーンゴはおばちゃんの片手に収まる大きさとはいえ、僕にとっては顔よりも大きい。爪や牙を使わずに持ち運べるとは思えなかったのだろう。

とりあえず、リーンゴの実をかわいいお手々でつついてお土産《みやげ》をアピールする。

「あー、わかったわ！　あなたはこのリーンゴを剥《む》いてほしいのね！」

ガクゥ!?　なぜそうなる？　僕はお礼の品を持ってきただけなのに!?

僕の意図とは完全に違った方向で物事が進んでいるが、おばちゃんがテーブルの下から包丁を取り出し嬉しそうにリーンゴの皮を剥いているから、これはこれでよしとするか。

「はいどーぞ！」

おばちゃんは慣れた手つきでリーンゴの皮を剥き終えると、その実を四分割してお皿にのせて僕の前に置いてくれた。

(まあ、いいか)

とりあえず僕はリーンゴの実をおいしくいただく。リーンゴの実を食べている間、おばちゃんは僕の頭を優しくなで続けてくれた。

（さて、このままだとお礼にならないな）

リーンゴを食べ終わった僕は、おばちゃんが目を離した隙にもう一つリーンゴの実をテーブルに置いて素早く立ち去ることにした。

「あら？　猫ちゃんどこ行っちゃったの？　それにこれもう一つ持っていたのね。いったいどこに隠してあったのかしら？」

おばちゃんの呟《つぶや》きを背中に受けながら、僕は塀の上へと飛び乗った。

（次は養護院に行こうかな）

この王都に養護院は一つしかない。街の北側、治安があまりよくない貧民街の一歩手前に建てられている。建物自体は古いが、大きさはかなりのものだ。三つある建物は中央のものが一番大きく、両隣のものは少し小さめだ。

開け放たれた門をくぐり、正面から一番大きな中央の建物へと入っていく。建物は古いが綺麗《きれい》に掃除されていて、清潔に保たれているようだ。入ってすぐに礼拝堂があり、ここでお祈りを捧《ささ》げることができるのだろう。その隅には寄付を受け付けるスペースがあり、お金を入れる賽銭箱《さいせんばこ》のようなものや敷物が敷いてある。その上には小さな鍋が置かれていた。中にはスープでも入っているのかな。

ちょうど今はお昼時なので、僕以外に人影はない。まあ、僕も人影には入らないのだけど。猫だから。

僕は敷物の前に移動すると、その上にホーンラビットを十羽、リーンゴを始めとした数種類の果物を小さなスペースいっぱいに置いた。そして、何も言わずに養護院を後にした。いつの時代もどこの世界でも、子どもが飢えるのは悲しいからね。

この後も街を回って色々お礼をした後、僕はいったんぼろ屋に戻って夜まで寝ることにした。暗くなってから街を抜け出して、また素材集めに勤《いそ》しむために。

～side　オッチョ～

今日はとっても不思議なことが起こったんだなぁ～。

近ごろは、オークの肉が足りなぐなっているんだべ。なんでも、高ランクの冒険者だちが高難度のクエストに出ていってて、オークを狩ることができる冒険者だちがいないみたいなんだなぁ～。そのせいで、オークにさらわれた人までいたみたいだべ。

さすがにここまできたらオークを放っておぐわげにもいかないから、騎士団がオークを狩るために派遣されるって聞いて、ちーっとはましになるかと思って期待してたんだども、なんだかオークの集落は見づがったけどオークどごろかネズミ一匹いなかったそうなんだなぁ～。

んだもんだから、オラの勤めるオーク亭もちょーっぴりピンチなんだわな。

店の在庫の肉も昨日で使い切ってしまったしぃ、親方……じゃながった、師匠も今日は店を閉めるしがないっててイライラしてたんだなぁ～。

んで、オラがゴミを捨てようと裏庭に出たときだったなぁ、裏庭に丸々と太ったオークが落ちてたんだなぁ～。見た感じ、すぐに死んでるってわかっただども、オラはびっくりしてすぐに親方……師匠を呼んださぁ～。

はじめは師匠も信じてくれながったよ。そりゃそうだわさ、こんな狭いところにだーれにも気づかれることなく、こーんなに大きなオークさ運んでこれるなんて、誰が信じるべぇ？

んだども、実際にオークが落ちてるのは事実だから師匠も信じるしかなかったんだろなぁ。

そこからの師匠は格好良かったべ。落ちてるオークを迷わず料理に使うって言ったんだなぁ～。なんて勇気があるんだべか。

おかげで今日一日なんとかお店を開けることができたんだな。

あの状況から考えて、あのねこちゃんがオークを置いていってくれたんだべなぁ。あのねこちゃん、気配を消していだども、ただもんじゃなさそうだったからなぁ。

～ｓｉｄｅ　養護院のシスター～

私の名前はマリア。王都に建てられた養護院に勤めるシスターの一人。この養護院の歴史は古く、二百年前から存在しているそうです。さすがに建物は建て替えられているみたいですが、それでも建てられてから百年ほどは経過しているみたいです。

代々勤めてきたシスター達がこの建物を大切に扱ってきたおかげか、古いけれども清潔に保たれていて、まだまだ十分人が住めます。

中央の建物には礼拝堂や食堂、子ども達が遊べる広場などがありかなりの大きさです。その両隣には男子寮と女子寮があり、たくさんの子ども達と数人のシスターが生活しています。

養護院といえば貧しいイメージがありますが、ここ王都の養護院もその例に漏れずなかなか厳しい生活を送っています。もちろん国から多少の援助はありますが、子ども達の数を考えると全然足りていません。ここ王都は人口も多く、それに比例するように孤児の数も多いのです。さらには近隣の村から、王都に出稼ぎに……というか村での口減らしのために上京してくる子どもが後を絶ちません。

でもその中で本当にまともな仕事にありつける子どもなどたかがしれています。大抵は働き口がなく、貧民街の空き家に身を潜めるか、ここ養護院に拾われるかなのです。

かく言う私もこの養護院出身で、五歳から十五歳までの十年間をここで生活し、一度、教会が運営する学校に三年間通わせてもらい、そこで資格を取ってから十八歳のときに戻ってきました。それから五年間この養護院でシスターを勤めさせていただいております。

何だかんだで十五年ほどこの養護院で生活している私ですが、今日その十五年の中でも一番と言ってもいいくらい嬉しい、それでいてちょっと不思議な出来事がありました。

それはお昼過ぎのことでした。私よりも若い一人のシスターが、昼食の片付けをしている私のもとへ興奮気味にやって来ました。

「マリアさんちょっと来てください！」

あまりの剣幕《けんまく》に、一瞬子ども達によくないことが起こったのではないかと心配になったのですが、若いシスターの嬉しそうな顔を見て、よくないことではなさそうだとホッとしたのを覚えています。

半ば引きずられるように若いシスターに連れられて向かったのは、礼拝堂でした。彼女は私を礼拝堂の祭壇の前まで連れていくと、部屋の隅の方を指差し『見てください！』と大きな声を出しました。

何事かと思い、彼女が指差した先を見ると彼女が興奮している理由がわかりました。

そこには十羽ほどのホーンラビットと、色とりどりの果物が山のように置かれていたのです。昼食前にはなかったものですから、私達の食事中にどなたかが置いていってくれたのでしょう。それにしても、これだけの量の寄付を一度にいただいたのは、私が孤児だった頃から含めても記憶にありません。普段からクールビューティーを装っている私ですら、『わぁ！』っと大きな声を出してしまったくらいです。

私をこの場に連れてきたシスターにお願いして、急いで他のシスターを呼んできてもらいました。すぐにやって来たシスター達と一緒に、この食材の山を確認しました。ホーンラビットが十羽。リーンゴやミッカン、ブードウといった果物は毎日みんなで食べたとしても一週間は保《も》つでしょう。

騒ぎを聞きつけてきた子ども達も、この宝の山を見て大興奮です。

「今日の晩ご飯はホーンラビットのお肉ですよ」

集まってきた子ども達に私がそう告げると、子ども達の興奮は最高潮に達しました。それもそのはず、まともなお肉料理を食べるのなんていつ以来でしょう。ましてや、動物の肉より遙《はる》かにおいしい魔物の肉なんて、ここ数年食べた記憶がありません。子ども達が興奮するのも無理がないでしょう。かく言う私も少し興奮してしまいましたし。

それから私は興奮する子ども達に言いました。

「みなさん、こんなにいっぱい食べ物をくれた人に感謝の祈りを捧げましょう」

子ども達は元気よく返事をして、私と一緒に祭壇の前へと向かったのですが、そこで四歳になったばかりのエイミーという女の子が不思議なことを言ったのです。

「ひとじゃないよ、ねこしゃんだよ！」

一瞬何を言っているのかわかりませんでした。周りにいる子ども達もポカンとしています。

「エイミーみたんだもん！　ねこしゃんがそこの前にちょこんって座ったら、くだものがいーっぱいでてきたんだもん！」

呆然《ぼうぜん》とする私達にエイミーちゃんが説明を続けます。もちろんそんな話を信じられるわけはないのですが、エイミーちゃんは嘘《うそ》を言うような子でもないし、他に見ていた子がいるわけでもありません。子どもの言うことを頭から否定するのはよくないとわかっているので、私はあえてエイミーちゃんの言ったことに乗ることにしました。

「みんな、女神様の使いの猫様が食べ物を分けてくれたのかもしれないね。みんなで猫様に感謝の祈りを捧げましょう」

私の言葉に小さな子ども達が目をキラキラさせながら元気よく返事をします。エイミーちゃんもまるで自分が果物を持ってきたかのように、どんなもんだいという顔をしています。

私は子ども達の笑顔を見るのが大好きです。この養護院にこれほどの食料と子ども達の笑顔を届けてくれた人に、いえ本当に猫なのかもしれませんが、心の底から感謝の祈りを捧げました。

◇　◇　◇

さて、以前お世話になった人達へお礼の品を渡し、養護院に寄付をするという自己満足に浸った僕は一度仮眠を取った後、夕暮れ時に起き出し今は街へ出る準備をしている。街を覆う石壁に上れるのはすでに実証済みである。後は暗くなって僕の姿が隠れるのを待つばかりだ。

程なくして、日が沈み辺りが暗くなったところを見計らって僕は石壁を駆け上った。

(さて、今日はどこに行こうかな)

東の方はあまり強い魔物がいないのでパスだな。西も地下迷宮《ダンジョン》の入り口があって人が多そうだからパス。となると北か南だけど……南は前回行ってみたから今日は北にしてみようっと。王都の北の方にはウェーベルの街があるが、そこから一気に王都に来たためもう少し詳しく調べてみようと思ったのだ。

二日ほどウェーベルへ向かう街道を歩いて、途中から東に広がる森へと入ってみた。夜だったので、魔物達の数が多く僕をただの猫だと思って襲いかかってくるヘビやら狼《おおかみ》やらの魔物を倒しつつ、奥へと進んでいく。

適当に入った森ではあったが、奥に向かうにつれ段々と魔物のランクが上がっていった。これは当たりかな？　今倒したのはCランクのアングリーボアだ。こいつの肉は結構おいしいらしいから、今度オッチョさんの店に持っていってみよう。オーク亭でオーク以外の肉を出しているのかわからないけど。

それにしても、この調子だとさらに奥にはもっと強い魔物がいるかもしれない。地下迷宮《ダンジョン》より手軽にレベル上げができるところを見つけられてよかった。ちょっと距離があるけど地下迷宮《ダンジョン》への出入りの面倒さを考えると、ここの方が気軽に来れそうだ。

王都に入ったときは30だったレベルもオークの集落を潰したことで、36まで上がっている。ここで二、三日レベル上げをすれば進化まで持っていけるかもしれない。

ちょっと王都を留守にするけど、僕は次の進化までここでレベル上げをすることにした。

「にゃ〜」

王都北東の森に入ってから二日、『にゃー』という名のストーンバレットでC＋ランクのイビルベアーの頭を撃ち抜いたところで、レベルが上がったようだ。

（おお、予想通り40で進化が可能みたいだ。よし、早速王都のぼろ屋へと戻って進化するとしよう）

帰りは行きよりも急いだので、王都まで一日で着いた。都合よく日が沈んだ後だったので、貧民街側の壁を登って王都の中へと侵入する。

すぐにぼろ屋の天井裏に入って進化の準備を始めた。

さて、今回の進化先は……

□進化先を選んでください
・ハンターキャット
・ビッグキャット
・アサシンキャット

移動途中にも確認しておいたが、今回の進化先は三つだ。

一つ目のハンターキャットは、今のキラーキャットより攻撃力と敏捷が上がり、より物理戦闘が強くなる。

二つ目のビッグキャットは体力と防御力が格段に上がり、耐久型になるようだ。

三つ目のアサシンキャットは、敏捷が大きく上がるのと、隠蔽系のスキルを覚えるっぽい。元より魔法寄りの進化をしているのでハンターキャットは選択肢から外れる。同様にビックキャットも僕の戦闘スタイルには合わないだろう。何より大きくなるのはちょっと……

ということで僕の進化先はアサシンキャットに決めていた。隠蔽系のスキルも欲しかったしね。

(よし、早速進化だ!)

僕はアサシンキャットを選択し進化を開始した。ぼろ屋の天井裏が光に包まれて……

種族：キラーキャット（変異種）
名前：なし
ランク：D　　レベル：40　進化可
体力：298/341　魔力：301/539
攻撃力：379　防御力：375
魔法攻撃力：524　魔法防御力：520　敏捷：361

スキル：「特殊進化」「言語理解」「詠唱破棄」「暗視」「アイテムボックス Lv23」

「鑑定 Lv23」「思考加速 Lv24」「生命探知 Lv24」「魔力探知 Lv24」「敵意察知 Lv22」

「危機察知 Lv19」「体力自動回復 Lv20」「魔力自動回復 Lv23」「光魔法 Lv21」

「水魔法 Lv24」「風魔法 Lv14」「土魔法 Lv14」「雷魔法 Lv16」「時空魔法 Lv10」

「重力魔法 Lv10」「猛毒生成 Lv20」「麻痺《まひ》毒生成 Lv16」「睡眠毒生成 Lv16」

「混乱毒生成 Lv16」「痛覚耐性 Lv16」「猛毒耐性 Lv19」「麻痺耐性 Lv15」

「睡眠耐性 Lv15」「混乱耐性 Lv15」「幻惑耐性 Lv12」「水耐性 Lv14」

「風耐性 Lv14」「土耐性 Lv14」「雷耐性 Lv14」「瘴気《しょうき》 Lv15」「硬化 Lv15」

「雷纏《まとい》 Lv17」

称　号：「転生者」「スキルコレクター」「進化者」「大物食い《ジャイアントキリング》」「暗殺者」「同族殺し」

種族：アサシンキャット（変異種）
名前：なし
ランク：C　　レベル：1
体力：333/333　魔力：518/518
攻撃力：347　防御力：268
魔法攻撃力：507　魔法防御力：503　敏捷：344

スキル：「特殊進化」「言語理解」「詠唱破棄」「暗視」「アイテムボックス Lv24」「鑑定 Lv24」

「ステータス隠蔽 Lv15」New!「思考加速 Lv25」「生命探知 Lv25」「魔力探知 Lv25」

「敵意察知 Lv23」「危機察知 Lv20」「気配遮断 Lv15」New!「魔力遮断 Lv15」New!

「体力自動回復 Lv21」「魔力自動回復 Lv24」「光魔法 Lv22」「水魔法 Lv25」

「風魔法 Lv15」「土魔法 Lv15」「雷魔法 Lv17」「時空魔法 Lv11」「重力魔法 Lv11」

「猛毒生成 Lv21」「麻痺毒生成 Lv17」「睡眠毒生成 Lv17」「混乱毒生成 Lv17」

「痛覚耐性 Lv17」「猛毒耐性 Lv20」「麻痺耐性 Lv16」「睡眠耐性 Lv16」

「混乱耐性 Lv16」「幻惑耐性 Lv13」「水耐性 Lv15」「風耐性 Lv15」「土耐性 Lv15」

「雷耐性 Lv15」「瘴気 Lv16」「硬化 Lv16」「雷纏 Lv18」

称　号：「転生者」「スキルコレクター」「進化者」「大物食い《ジャイアントキリング》」「暗殺者」「同族殺し」

第11話　物騒なあいつ

進化を終えた僕はまずは自分の姿を確認する。毛の色は真っ黒で縞模様《しまもよう》はなくなっていた。大きさはキラーキャットとほとんど変わっておらず、見た目は黒くなっただけでかわいいままだ。よしよし、これならこのまま王都の中で暮らせそうだ。それからステータスも確認してみた。

ほほう。アサシンキャットはCランクなのか。初期のステータスも相当高い。防御力は少々低めだけど、その他のステータスはサンダービートルのレベルマックスに近い。これならレベル1でもその辺の魔物に後れを取ることはないだろう。

それから僕の期待通りに気配遮断と魔力遮断のスキルを獲得することができたようだ。おまけにステータス隠蔽のスキルまで手に入った。これで地下迷宮《ダンジョン》や街に出入りするのが楽になりそうだ。

(よし、次はステータスの隠蔽を試してみよう)

続いてステータス隠蔽のスキルを試してみたのだが、自由にステータスをいじることができるのが楽しくて、ついつい夢中になってしまった。

(こんなもんかな)

種族　キャットー

名前　なし
ランク　F
レベル　1
体力　50／50
魔力　20／20
攻撃力　40
防御力　35
魔法攻撃力　20
魔法防御力　20
敏捷《びんしょう》　40

スキル
暗視

ふふふ。これで鑑定持ちに出会っても誤魔化《ごまか》すことができるぞ。ステータス隠蔽のスキルレベルは最初から15もあるし、よっぽどのことがない限り誤魔化せるだろう。いつ正体がバレるかもしれないという不安は、これでだいぶ解消されるはずだ。

気分がよくなった僕は五日ぶりということもあり、いつもより多めにお礼の品を配って回った。

オッチョさんのところはこっそり置いてきたし、養護院も人に見られないように置いてきた。唯一、果物屋のおばちゃんのところでは姿を見せたのだけど、以前の僕と同一人物……いやいや同一猫物だとバレてしまったようだ。なでた感覚が一緒だし、突然リーンゴを持ってくる猫なんてそうはないというのが理由らしい。ただ大人になれば毛が生え変わる猫もいるらしく、それほど驚かれはしなかった。

まあ、正体がバレたわけじゃないからよしとしよう。

僕がこの世界に転生してからおよそ二百日が経過した。生き残るためには強くならないといけないと思い、必死に進化してきた。おかげで相当強くなれたと思う。この姿になってから人の住む街に入ることができたし、少しのんびりしてみるのもいいかもしれないね。

せっかく猫の姿なんだから、しばらくは気ままな猫暮らしを堪能してみるとするかな。

◇　◇　◇

アサシンキャットに進化してから僕は自由な猫暮らしを満喫していた。気配遮断に魔力遮断を覚えた猫が侵入できないところなどほとんど存在しない。いつも回っているルートはもちろん、学院や王城なんかにも忍び込んでみた。

学院は武術学院や魔術学院の他、商業学院や農業学院などもあり、それぞれの特色があって面白かった。魔術学院だけは、魔力探知を持っている先生がいたので魔力遮断のスキルを使ったりした。

王城に侵入するのは大変かと思ったんだけど、意外とすんなり入ることができたのでちょっと心配になってしまった。僕と同じようなことができる魔物がいるかどうかはわからないけど、僕なら簡単に王様を暗殺できてしまうことがわかったからね。そんなことはしないけど。

そうとわかってからは、時折王都に変な魔物が入り込んでいないか調べるようになった。王都は人がたくさん住んでいるので、あまり探知系のスキルは広げないようにしている。情報量が半端ないので、思考加速を使っても頭が痛くなるからだ。

ただ、思考加速のレベルが上がってきたからか、短い時間であればそれほど頭痛も起こらないことがわかったので、王都の中を移動しながら要所要所で生命探知を使っている。

今のところ強力な魔物が潜んでいたなんていう事態にはなっていないが、それでも貧民街の空き家にネズミ型の魔物がいたり、下水道にはスライムなんかも住み着いたりしていた。

そういった王都内の危険を排除しつつ、オッチョさんのところでオークの肉をいただいたり、果物屋さんでパイナポーというどう見てもパイナップルな果物を分けてもらったりと、王都生活を楽しんでいた。

そんな生活が二週間ほど続いたある日、事件は起こった。

僕が養護院に食材を寄付しに行ったときのことだった。いつもなら閑散としているお昼時の礼拝堂で、慌ただしく動いている人達がいた。それが養護院のシスターだけだったらそれほど違和感もなかったのかもしれないが、なぜかそこに冒険者達もいたのだ。

さすがに子ども達はいなかったが、シスター達と話し込んでいる冒険者や、建物の周りを何かを探すように歩き回っている冒険者達を見て、おおよそ何が起こったのか理解できてしまった。

僕はあまりよくない予想が合っているのかを確かめるために、そっと気配を消して冒険者とシスターの話に聞き耳を立てるのだった。

「ええ、昨日の夜寝かしつけるときには間違いなくいたんです」

髪は乱れ、目が赤く腫れ上がっているシスターが話している内容が聞こえた。これはもう間違いない。子どもが行方《ゆくえ》不明になっている。

彼らの話を盗み聞きしたところ、さらわれたのはエイミーという名前の女の子で四歳になったばかりらしい。昨日の夜、寝かしつけるときにはいたのに、朝起こしに行ったらいなくなっていたそうだ。

他の子ども達は全員いるし、エイミーちゃんが夜中に布団から抜け出していたのを見ていた子がいることから、夜中にトイレに行ったところでさらわれたのではないかという結論に達していた。

「僕達はエイミーちゃんをさらった者達を捜しに行きます。シスター達は念のためこの敷地の中をもう一度捜しておいてください」

「Dランクの冒険者さんが来てくれるなんて……ありがとうございます。でも、あの、依頼料を払えるほどここにはお金が……」

ふむ、この冒険者達はDランクなのか。それにしてもどこかで聞いたような声だな。

「シスター、気にしないでください。僕達はとある地下迷宮《ダンジョン》で命を救われてから、僕達を助けてくれたカブト……人のように困っている人達を助けたいのです」

「ああ、ありがとうございます。エリック様！」

　またお前達かーい!!　いつの間に王都に来てたんだ？　しかも、Dランクに昇格しているし。しかし、こうして困った人達の手助けをしているとは、助けたかいがあったというものだ。

　よし、ここはエリック達に任せて僕は僕で誘拐犯を捜すとしよう。これだけ、手際よく誘拐できるなんてきっと慣れている人達の仕業だろう。考えたくはないが、この王都に誘拐を生業《なりわい》とする人達がいるということだ。おそらく探知系のスキル辺りも持っているのだろう。Dランクの彼らにはちょっと荷が重いと思う。

　それに僕はここ二週間ほど王都を調査した結果、街の外れの貧民街に住み始めている怪しい人物がいるのを把握している。最初は空き家に住み始めた家族かと思ったのだが、ボロボロの空き家にいるのは五人の男達で、とても家族には見えなかった。怪しいと思ったのは、彼らが夜も明かりをつけずにまるで自分達の存在を隠すように生活していたからだ。

　今思えばそいつらが誘拐犯だったのだろう。

　そうとわかれば早速行動開始だ！

　僕は気配遮断と魔力遮断を使ってそっと貧民街を目指した。

(今中にいるのは五人だけど……そのうち三人は子どもだね)

　空き家の二つ隣の建物の屋根の上に身を潜めて生命探知と鑑定を併用して中の様子を窺《うかが》う。僕が確認したときは男が五人いたから、残りの三人は外に出ているのだろう。家の中にいる二人の男は見張りといったところか。ちなみに男二人はそれぞれ生命探知Ｌｖ６と魔力探知Ｌｖ５のスキルを持っていた。

（やっぱり探知持ちがいたか。まあ、レベルが低いから僕には気がつかないだろうけどね）

誘拐犯の仲間がどれほどいるのか把握するために、僕はここでしばらく様子を見ることにした。

珍しい探知系スキルの持ち主が二人もいる組織だ。決して小さな組織ではないのだろう。どうせならきちんと全員捕まえておきたい。

僕はアジトに出入りする人間を観察するために、アイテムボックスから果物を取り出してかじりながら建物の監視を始めた。

（どうやら誘拐犯の仲間は六人だったか）

僕が以前確認した五人の他に、連絡役っぽい男がいた。他の五人はいかにも冒険者崩れという格好だったのに対し、この連絡役の男性だけは小綺麗《こぎれい》な格好をし、どこぞの小貴族のように見える。いや、実際他国の貴族なのかもしれない。王都じゃすぐに足が付くだろうし、ガルガンディよりさらに南にあるトロンバレン共和国はここヴェルデリン王国とは同盟国だ。こんなバカなことを許すわけがない。

一方、海を挟んで東の大陸にあるミシティア帝国とは仲が悪いらしい。何でもミシティア帝国は軍事国家らしく、その武力をもって世界制覇を企《たくら》んでいるとかいないとか。これは王城に侵入したときに得た情報だ。

それでも帝国が大っぴらに攻めてこれないのは、ここ王都を拠点とするSランク冒険者がいるかららしいのだそうだ。今は高難度のクエスト受けているらしく王都にはいないみたいだが、たった一人の存在が戦争を防いでいるなんて、どんだけすごいんだSランク冒険者。

っと、そんなことを考えているうちにヤツらが動き出したようだ。地下室にでも閉じ込めておいたのであろう三人の子ども達を連れ出そうとしている。

辺りはすでに暗くなっているので、闇に乗じてこの王都を抜け出すつもりかもしれない。

だが、そんなことを許す僕ではない。暗闇に溶け込むように、僕は目当ての建物へ屋根の隙間から侵入するのであった。

「おい、早く袋に入れろ！」

六人の中でも一際体格のよいスキンヘッドの男が、部下達に命令している。天井裏から様子を見ている僕にはまるで気がついていないようだ。

「お頭、準備ができきやしたぜ！」

子ども達を袋に押し込めていた部下の一人がお頭に声をかけた。

「バカヤロウ！　ここではリーダーと呼べって言ってるだろうが！　誰が聞いてるかわからねぇんだぞ！」

「まあまあ、この辺り一帯には人間はおろかネズミ一匹だっていませんぜ」

部下の失態を怒鳴りつけるリーダーを、生命探知持ちの男がなだめる。

(いや、ネズミどころか猫がいますけど？)

と心の中で突っ込みを入れつつ僕は子ども達を救出するために動き出した。

まずは雷纏《らいてん》を纏《まと》い、探知持ちの二人に素早く体当たりをかます。

バチッという音とともに二人が膝から崩れ落ちた。纏う雷の量を減らしたから死んではいないが、しばらくは動けないだろう。

「なっ!? おい、敵襲だ! 警戒しろ!」

二人が倒れたのを見たお頭が、すぐに警戒の声を上げる。素早い対応に、こいつらがそこいらの盗賊とは格が違うことを再認識させられた。他の部下達も素早く武器を構え、辺りを警戒している。

だが仮にも僕はアサシンキャット。ステータスでも遙《はる》かに彼らを上回る。僕は一切姿を見られることなく、忍び寄る暗殺者のように部下達を次々と無力化していった。

「誰だ! 出てこい! 卑怯《ひきょう》だぞ!」

力の弱い子ども達を誘拐しているという自分達のことは棚に上げて、僕のことを卑怯呼ばわりするお頭。彼の周りには五人の部下が倒れており、残るはこのお頭一人だ。

「グッ!?」

僕が一人になったお頭に背後から体当たりをかましたのだが、すんでのところでお頭は横へと転がり直撃を避けた。おそらくレベルは低いが彼が持つ敵意察知のスキルが働いたのだろう。だが、直撃は避けられても身に纏った雷撃までは避《よ》けきれなかったようだ。意識はあるものの身体《からだ》が痺《しび》れて起き上がれずにいる。

倒れている頭上に忍び寄る黒い悪魔。もとい黒い猫。

「くそぉぉぉ、上位ランカーは残っていないと聞いてたのによぉぉぉぉ、どうなってやがるんだ！」

最早《もはや》身動きもとれず、唯一動く口で悪態をつくお頭。そのお頭にトドメを刺すべく……

「にゃ～（サンダーランス）」

めいっぱい威力を弱めたサンダーランスを、その髪のない地肌へとお見舞いした。

「ね、ねこ？　グァァァ！」

それが誘拐犯のお頭としての最後の言葉となった。


誘拐犯を全員気絶させた僕は、天井に向かってサンダーランスを放った。天井に衝突したサンダーランスは、轟音《ごうおん》とともに屋根を吹き飛ばす。これだけ派手な音を立てれば、衛兵か子ども達を探す冒険者がやってくるだろう。

その間に子ども達が入れられた袋の縛り紐《ひも》を、鋭い爪で切っていく。中に詰め込まれていた子ども達は、三人とも泣きながら出てきた。それはそうだろう、誘拐犯に連れ去られ袋に詰め込まれれば、大人だって泣いてしまうかもしれない。

しかし、泣きながら出てきた子ども達は、自分達を捕まえた誘拐犯が揃《そろ》いも揃って床でおねんねしている様子に、びっくりして涙が止まってしまったようだ。

さらにその中の一人の女の子が僕の姿を見つけるや否や、満面の笑みで駆け寄ってきた。

「ねこしゃんだ！」

四歳くらいの見た目に相応《ふさわ》しく、舌ったらずな言葉を発しながら、小さな手で僕を抱き上げようと必死になっている。

その様子を見た残りの男の子と女の子も、誘拐された恐怖はどこへやら、一緒になって僕を持ち上げようと頑張り始めた。

そんな状態が数分続いたところで、エリック達と衛兵達が騒ぎを聞きつけ一緒に現れた。

僕はエリック達に見つかる前に、子ども達の手をすり抜け暗闇へと姿を隠す。別に隠れる必要はなかったんだけど、何となく目立つのが嫌だったのでそんな態度を取ってしまった。

エリック達は子ども達の無事を確認した後、養護院の方へと去っていき、衛兵達は意識を失って転がっている誘拐犯どもを縛り上げ、どこかへと担いでいった。彼らの黒幕がわかるといいんだけど。


その様子を建物の陰から見送った僕も、ぼろ屋へと帰ることにした。


翌朝、事の顚末《てんまつ》を確認するために冒険者ギルドへと向う。

ギルドの朝は慌ただしい。クエストは基本的に早い者勝ちだからだ。いいクエストを手に入れるために、真面目《まじめ》な冒険者達の朝は早いのだ。

その喧噪《けんそう》に紛れてギルドへの侵入を果たす。

僕はこっそりギルドの中に入って、受付カウンターの陰に座る。最近の僕の定位置だ。するとすぐにカウンター内から職員の話し声が聞こえてきた。その話によると、あの後子ども達はギルドに迎えに来た家族に引き取られ無事に家に帰ったそうだ。よかったよかった。

それを確認した僕は、次に養護院へと向かう。

養護院に着くと、昨日誘拐されていた女の子がシスターと一緒にお祈りをしているところだった。その祭壇には女神様の像の横に、なぜか猫の像が置かれている。少し前まではあんなものはなかったはずなのに。どうしたんだろう。

エイミーと呼ばれていた女の子はお祈りを終えた後、猫の像の頭をなでながらにへらっと笑っている。もしかしなくても、僕に助けられたことを理解しているのだろう。

何はともあれ、女の子が無事でよかった。


その後、人が出払った隙にいつもの寄付を置いてからいったんぼろ屋へと戻る。この後のことを考えるためだ。

僕は王都での気ままな猫生活も十分満喫したから、そろそろ次の進化に向けたレベル上げを再開しようと思っている。そのためにはもう一度、天国への扉《ヘブンズドア》に潜るのが一番だろう。そうと決めた僕は、王都西にある地下迷宮《ダンジョン》へと向かった。

◇　◇　◇

お昼前に王都を出たのに、夜中にはもう天国への扉《ヘブンズドア》に着いていた。アサシンキャットの敏捷恐るべし。

真夜中だったこともあり、真っ黒な身体に気配遮断と魔力遮断のスキルを使った僕は、驚くほどあっさり地下迷宮《ダンジョン》の中へと入ることができた。

Cランクとなった今、どのくらいのレベルで進化できるのかは定かではないけど、おそらく60か70だと思う。前回は三十階層でファントムタイガーを倒した後戻ってきたので、今回はさらに奥を目指そうと思う。


地下迷宮《ダンジョン》の内部構造は変わらないので、三十階層までは迷うことなく進むことができた。前回は十六日ほどかかった道のりだったが、今回は十日しかかかっていない。道を覚えているのも大きかったが、何より僕が強くなっているおかげで、戦闘にかかる時間が大幅に短縮されているのだ。

常に気配遮断と魔力遮断を使っているので初撃のほとんど全てが不意打ちになる。攻撃力もすでに400を超えている上に、さらに僕には称号の暗殺者がある。不意打ちに攻撃力と命中率上昇の補正があるこの称号は、今の僕にぴったりの効果と言える。レベルが上がっていることもあって、三十階層まではほとんど全ての敵を一撃で葬り去ることができた。

しかし、ここから先はAランク以上の魔物が現れる。気配遮断が効かない敵も出てくるだろう。僕は慎重に三十階層へと足を踏み入れた。


三十階層で僕を一番最初に出迎えてくれたのは、まだ僕が黄金のカブトムシだったときに苦戦を強いられたファントムタイガーだった。

さすがにA＋ランクの魔物だけあって、僕の存在にすぐに気がついたようだ。スキルに探知系がなくても、強者になると気配を察知する能力でもあるのだろうか。特に彼らには自分のテリトリーというか、ある一定の距離に近づくと見つかる気がする。

っと、そんな考察をしている場合ではないか。ファントムタイガーはゆっくりとその姿を消していく。スキル透明化の効果だ。前回は敏捷や攻撃力で劣っていたので、透明化させないように戦ったが、僕はここまで来るのにレベルが38まで上がっており、全てのステータスで上回っている。ファントムタイガーに全力を出させて、さらにその上を行かせてもらうとしよう。

ファントムタイガーは透明化だけではなく、隠密《おんみつ》も使い音もなく移動している。だが、いくら姿を消したところで、僕の高レベルの生命探知や魔力探知、さらには敵意察知がその姿を明確に捉えているのだ。

回り込むように迫ってくるファントムタイガーは、僕の右背後で巨大な爪を振り上げている。この爪で何人の冒険者を葬ってきたのだろうか……あっ、ここまでたどり着いた冒険者は一パーティーしかいないんだった。ってことは、このファントムタイガーは他の魔物でも倒しているのだろうか。いやいや、地下迷宮《ダンジョン》の二大原則では魔物同士は戦わないんだったか。ってか、こいつらって何を食べて生きてるんだろう？　もしかして魔素？

なんて余計なことを考えつつも、僕はファントムタイガーの爪を左にステップして躱《かわ》す。必殺の一撃を躱されたファントムタイガーの動揺が伝わってくるのは、僕の敵意察知のレベルが高いからだろうか。

着地したファントムタイガーがこちらを振り向くスピードより速く、僕はファントムタイガーの背後へと回り込んだ。今度は僕を見失ったファントムタイガーの困惑と恐怖が伝わってくる。

片や五メートルを超える巨大な虎。片や三十センチメートルほどの黒い猫。傍《はた》から見たら、小さな猫が巨大な虎を圧倒する信じられないような光景が見られることだろう……うん、虎は透明化してました。これじゃあ、信じられないような光景は見えませんね。

僕を見失っているファントムタイガーの背後から飛びかかり、正確にその首筋に爪を立てた。

「ギャウゥ！」

地下迷宮《ダンジョン》内に激痛に叫ぶファントムタイガーの咆哮《ほうこう》が響き渡った。僕の鋭い爪がファントムタイガーの頑強な皮膚を切り裂き、首からドクドクと血があふれ出ている。その衝撃のせいか、透明化は解けてしまったようだ。

首から血を流すファントムタイガーは僕の方を睨《にら》みながらも、その重心は後ろにある。

（さては、逃げ出す気だな）

A＋ランクの強者だからといって、どんな敵にも立ち向かうわけではない。むしろ、強いからこそ相手の強さにも敏感で、生き残るためなら平気で逃げ出したりするのだろう。死んでしまったらそれ以上強くなれないからね。

その考えは勉強になるなと思いつつ、それでも僕はファントムタイガーを逃がす気はない。何せ、仕掛けてきたのは向こうからだからね。

僕はファントムタイガーの背後に数十本のサンダーランスを浮かべる。

バッと振り向き逃げ出そうとしたファントムタイガーの顔が絶望に染まった……気がした。

(行け！)

驚いて動きが固まったファントムタイガーに迫る数十本の雷の槍《やり》。その一本ですら、彼を絶命させるのに十分だろう。そんな雷の槍が数十本ぶつけられたファントムタイガーは、完全に炭化し、そこに残っていたのはかつてファントムタイガーだった灰の山だった。

(うん、魔石しか残ってないね……)

完全なオーバーキルだったようだ。

ファントムタイガーを葬った僕は、次の獲物を探して奥へと進んでいく。ちなみにA＋ランクでレベル80台のファントムタイガーを倒したが、僕のレベルは10しか上がっていない。

いや、10上がれば十分だとは思うけど、Cランクになってからは以前ほどレベルの上がりが早くない。ランクが上がればステータスは格段に上がるが、レベル上げに必要な経験値も格段に多くなっている。AランクやSランクになればますますレベル上げが大変になるんだろうな。

それでもAランクやA＋ランクの魔物を倒して進んでいくうちに、それなりにレベルも上がっていく。二週間ほどかけて四十階層まで到達する頃には、僕のレベルは65になっていた。

それにしても、確かここの地下迷宮《ダンジョン》の最下層到達点は三十一階層だったような。あっさり超えちやったな。見た目黒猫だけど。
さて、ここまで順調に来たところだけど、今目の前には少々手強《てごわ》そうな相手がいる。炎を纏った狼《おおかみ》と氷を纏った狼だ。

種族　フレイムハウンド
名前　なし
ランク　A＋
レベル　88
体力　399／399
魔力　555／555
攻撃力　432
防御力　345
魔法攻撃力　600
魔法防御力　550
敏捷　488

スキル
咆哮　Lv20

ブレス（火）Ｌｖ20
火魔法　Ｌｖ20
火吸収　Ｌｖ20
風耐性　Ｌｖ17
雷耐性　Ｌｖ17
状態異常耐性　Ｌｖ18
炎纏　Ｌｖ20

種族　フローズンハウンド
名前　なし
ランク　Ａ＋
レベル　88
体力　３９９／３９９
魔力　５５５／５５５
攻撃力　３４５
防御力　４３２
魔法攻撃力　６００
魔法防御力　５５０

敏捷　　　488

スキル
咆哮　Lv20
ブレス（氷）Lv20
氷魔法　Lv20
氷吸収　Lv20
水耐性　Lv17
土耐性　Lv17
状態異常耐性　Lv18
氷纏　Lv20

この二体はそれぞれがA＋ランクの上位である上に、二体同時に現れたときにはその危険度はSランクに匹敵すると言われている。ステータスの高さもさることながら、二体の連携がやっかいらしい。

（どれほどの連携か見せてもらおう！）

相手は僕を警戒してか、唸《うな》り声《ごえ》は上げているものの様子を見るようにその場を動かない。それならば、まずはこちらから攻めてみるか。

「にゃ～」

地下迷宮《ダンジョン》の四十階層、Aランク以上の魔物達がひしめく危険地帯に、かわいらしい猫の声がこだまする。

だが、かわいらしいのはその声だけで、僕の目の前には、ドリルのような形状で高速回転している凶悪な破壊力を持った水の塊が浮いている。

(行け！)

少々形を変えて破壊力を増したウォーターバレットを、フレイムハウンドめがけて飛ばしてみた。

ある程度の距離を保ったまま様子を見ていたフレイムハウンドは、余裕を持ってウォーターバレットを躱したようだが、甘い！

僕のウォーターバレットは魔力をたっぷり込めた特別製なのだ。躱されたかに見えた水のドリルは急カーブを描きながら、フレイムハウンドの背後を襲う。

「ガァ！」

しかし、僕のウォーターバレットがフレイムハウンドに当たる直前に、間に割り込んできたフローズンハウンドによって防がれてしまった。

(なるほど、これがSランクに匹敵するという連携か。確かに二体合わせれば五大属性全ての耐性が揃ってるからね。魔法による攻撃は、耐性がある方が防ぐという作戦か)

「にゃ～(だかしかし！　分断されたらどうする？)」

二体の意識がウォーターバレットを防ぐのに向いていた一瞬の隙を突き、二体の間に土魔法第四階位〝ストーンウォール〟で土の壁を作り出した。

突如現れた土の壁に、反射的に距離を取る二体の狼。ふふふ、作戦通りに分断することができたぞ。さて、これをどう受ける？

僕はフレイムハウンドの方には再びウォーターバレットを、フローズンハウンドの方にはこれまた特製の巨大な雷の槍を放ってみた。

二体が慌てたように迫り来る魔法を躱そうとするが、残念。僕の魔法は当たるまで追尾し続けるのだよ。

先ほどのウォーターバレットを見たから、追尾してくるのは予想がついたのだろう、すぐに被弾するということはないが、何度も躱しているうちに徐々に動きが鈍くなっていく。

このままではいずれ当たってしまう。そう考えた狼が選択する方法は一つしかない。

（当然、向かってくるよね）

術者である僕を先に倒すという選択肢だ。僕を倒せば魔法は消えるし、倒せなかったとしても、土の壁は僕の手前で切れている。二体が合流できればまた同じように耐性を持っている方が受けることで、無傷で切り抜けられると考えたのだろう。

だが、そうは問屋が卸さない。当然、向かってくるなら返り討ちにするだけだ。

僕はまず雷纏を使用し自身に雷を纏わせた。バチバチと音を鳴らし、まるで僕自身が雷になったようだ。この時点で、雷耐性のないフローズンハウンドの動きが止まる。

それならばと、僕は向かってくるフレイムハウンドを標的に定め、水魔法第三階位〝ウォーターアロー〟を準備する。ウォーターバレットよりもさらに貫通性を増した、鋭く回転する水の矢が、フレイムハウンドを囲むように数十本現れた。

さらにフレイムハウンドが僕のもとに到達する直前に、ウォーターウォールをフレイムハウンドの目の前に作り出す。突然目の前に現れた水の壁に為《な》す術《すべ》もなく衝突するフレイムハウンド。身体を覆っていた炎が小さな水蒸気爆発となって弾《はじ》ける。そして、動きが止まったところに数十本の水の矢が襲いかかりその身体を貫いた。

（まずは一体）

フレイムハウンドを倒した僕は、すぐさま標的をフローズンハウンドへと移す。雷纏を纏った僕に直接攻撃は無理と判断したのか、魔法で攻撃してくるようだ。

（これは……氷魔法第二階位〝アイスプリズン〟か？）

僕を取り囲むように氷の檻《おり》が一瞬で出来上がる。が、残念。僕は氷魔法に相性のいい雷魔法を持っているのだよ。

（サンダーウェーブ！）

雷魔法第三階位〝サンダーウェーブ〟。僕自身を中心に、雷の波が広がる。

バキィン！　という音がして僕を閉じ込めようとしていた水の檻が砕け散った。

さて、次はこっちの番だ！　僕は雷纏を纏ったまま、弾丸のようにフローズンハウンドへと体当たりをする。慌てて回避しようとするフローズンハウンド。敏捷では僕の方が上だが、少々距離があったためか僕の体当たりはぎりぎり躱されてしまった。しかし、これでいい。躱すのがぎりぎりになってしまったせいで、雷纏の雷がフローズンハウンドの後ろ足を捉えていた。雷纏まじ最高！

麻痺《まひ》状態になって動きが鈍ったフローズンハウンドに、改めて体当たりをかます僕。今度はしっかりと胴体に命中し、雷纏の効果も相まって致命的なダメージを与えたようだ。

（ふう、作戦が上手《うま》くいってよかった。二体でSランク相当といってても分断しちゃえばA＋ランクだからね）

少々傷だらけにしてしまったフレイムハウンドとフローズンハウンドを回収し、少し休んで魔力を回復させた僕はさらに奥へと進んでいくのだった。


四十階層で二体の狼を倒した僕は、そのまま下の階層を目指すことにした。

出てくる魔物はAからA＋ランクが複数と相変わらずの厳しさだが、出てくる頻度は今までよりも減った気がする。

さらに階層の広さも心なしか狭くなったようで、四十一階層への階段をたった半日で見つけてしまった。おそらく四十階層からは、魔物の数や階層の広さではなく魔物の質で冒険者達を阻んでいるのだろう。

しかし、そうなると僕にとっては攻略は格段に楽になっていく。なぜなら、アサシンキャットは隠密行動に優れているからだ。A＋以上のステータスに気配遮断と魔力遮断があるから、魔物に出遭っても気づかれる前に突破することができるのだ。隠密万歳。

そんな感じで戦闘回数を調整しながら二日で四十五階層へ降りる階段まで到達した。この時点でレベルが70になっていて、進化可の文字がレベルの横に表示されている。

（うーん、すぐに進化しないで、もうちょっとだけ先に進んでみようかな）

進化は可能だが、安全に進化するためにはもっと上の階層へ戻らないといけない。でも、せっかくここまで来たんだから、もう少しだけ先に進んでみたいという気持ちが出てきてしまった。

（五十階層まで降りて何もなかったら戻ろう）

そう決めた僕は、その後も戦闘を極力避けるように進んでいった。


（次が五十階層か）

四十五階層に到達してからさらに二日半かけてようやく五十階層へと続く階段へとたどり着いた。

四十五階層の時点ですでに最大だったレベルはもちろん上がっていない。まあ、戦闘回数もほぼなしだから無駄になった経験値もほとんどないんだけどね。

それよりも今は五十階層へと続く階段だ。今までも人工的な迷路を進んでいるような感じだったのだが、五十階層へと続く階段は、綺麗に磨かれた白い大理石のような石で作られており、左右には綺麗な模様が彫刻された柱まで立っている。

汚れ一つない階段を降りていくと、とても立派なドアが現れた。高さは三メートルくらい、両開きのドアにはドラゴンのような生き物のレリーフが彫られている。この時点でちょっと嫌な予感が頭を掠《かす》める。

普通に考えるとドアの向こうにドラゴンがいるのだろうが、なぜか僕の生命探知でも魔力探知でも中の様子を探ることができない。この部屋は探知を妨害する物質でできているのだろうか。

(入ってみるしかないか)

中の様子はわからないが、せっかくここまで来たのだから中に入らないという選択肢はない。意を決して、ドアの片方を身体で押してみる。思いの外、軽い力でドアが開いた。できた隙間に身体を滑り込ませる。

中に入ると、背後でガチャンとドアが閉まる音がした。何だか一緒に鍵がかかったような音もしたが、気のせいだろうか。

気持ちを引き締めて部屋の様子を観察する。まず目につくのはその部屋の広さだ。直径二百メートルくらいはありそうな円形の部屋は、全て階段と同じ白い大理石のような石で作られている。

ざっと見た感じ他の出入り口は見当たらないが、部屋の真ん中に白い塊があった。白い大理石と似たような色だったので、気がつくのが遅れてしまった。

他には何もないようなので、慎重にその白い塊に近づいていく。五十メートルくらいまで近づくと、白い塊が急に動き出した。どうやらこの白い塊は生き物だったようだ。

塊の中に埋もれていた長い首が持ち上がり、白い身体の表面に切れ目が入ったと思ったら、目の前のそれは大きな翼を広げていた。

高さ十メートルの位置にある頭部には二本の角が生えており、目だけはエメラルドグリーンに輝いている。全身真っ白なだけにとても目立つ。

白い大理石の床を踏みしめる太い前足には、鋭くて大きい爪が生えている。白くて長い尻尾《しっぽ》は美しいが、あの尻尾の一撃を受けたら僕なんかぺちゃんこになっちゃいそうだ。

そう、僕の目の前にいたのは、美しく恐ろしい白いドラゴンだった。

(か、鑑定)

種族　ヘブンズドア・ガーディアン
名前　ズメイ
ランク　　SSS
レベル　　200
体力　　　2330／2330
魔力　　　3150／3150
攻撃力　　2980
防御力　　2870
魔法攻撃力　3015
魔法防御力　2995
敏捷　　　1960

スキル

念話
生命探知 Lv30
魔力探知 Lv30
光魔法 Lv30
炎魔法 Lv30
光吸収 Lv30
炎耐性 Lv30
水耐性 Lv30
雷耐性 Lv30
土耐性 Lv30
風耐性 Lv30
混乱耐性 Lv30
麻痺耐性 Lv30
魅了耐性 Lv30
睡眠耐性 Lv30
石化耐性 Lv30
呪い耐性 Lv30
咆哮 Lv30

飛翔《ひしょう》　Ｌｖ30

称号　扉の守護者

（やばい！　やばい！　やばいぃぃぃぃぃ！　何だこいつ!?　はぁ!?　ステータスもスキルもやばすぎるでしょ!?　無理、無理、無理！　絶対勝てないよこれ……僕、ここで死んだかも……）

目の前のドラゴンを鑑定して僕は自分の死を覚悟した。あまりにもステータスが違いすぎる。僕が勝てる要素が一ミリもない。かといって、逃げることも難しそうだ。うん、詰んだかもしれない。

ズメイという名の白いドラゴンはエメラルドグリーンの瞳で僕をじっと見ている。その目に見つめられ僕は身動きがとれないでいた。しばらくその状態が続いた後、不意に僕の脳内に声が響いてきた。

〈まさかここに初めて到達した者が〝猫〟とはな。どうやってここまで来たのやら。まさか、ここに来る直前で死んでしまった者でもいて、そのペットなのか？〉

!?　びっくりした！　いきなり頭の中で声がした。……ああ、スキルの念話の効果なのかな？　それにしても、まさか会話ができるとは。思ったより知的な感じがするし、上手く対応すれば助かるかも!?

〈猫ならしゃべることもできんか。さて、どうしたものか〉

僕が混乱して黙っていたので、未《いま》だに猫だと思われているようだ。ひょっとして、このまま猫のふりをしてたら外に出してくれるかも？　とも思ったが、いきなり攻撃してきたりしないあたり温厚な性格に思える。先ほどまであった恐怖心が薄れていくと、代わりに色々聞いてみたいという欲求がムクムクと湧き上がってきた。

〈あの、あなたはここで何をしているのですか？〉

怒らせないようになるべく丁寧な言葉で話しかけてみる。

〈ぬぉ!?　猫がしゃべっただと!?　いや、お主は猫に見えて猫ではない。猫の魔物なのか？〉

〈はい、アサシンキャットという種族です〉

このズメイというドラゴンはこんなに強いのに鑑定を持っていないのか。いや、強いからこそ鑑定なんて必要ないってことか？

〈おうおう、会話ができるとは重畳《ちょうじょう》だ。何せ二千年も一人でここを守っていたからな。いい加減暇していたところだ。ちょっと話し相手になってくれんかな？〉

二千年!?　それはまた随分と長い時間独りぼっちだったんだな。それに『ここを守っている』っていうのはどういうことだ？　ひょっとしてここに守るべき何かがあるのか？

〈えーと、会話するのは構わないのですがここを守っているとはどういうことでしょうか？〉

思ったより話が通じそうなので、気になったことはどんどん聞いてみる。

〈おうおう、こっちも聞きたいことがたくさんあったんだが、いきなり質問とはお主見た目より図々《ずうずう》しいな〉

〈すいません……〉

〈まあ、よいわ。我の名はズメイ。神の命令で邪神を封じる扉の一つを守っているガーディアンの一人だ〉

むむむ。さらに気になる情報が出てきたぞ。邪神？　ガーディアン？　ひょっとして、さっきチラッと見えた奥にある不気味な扉に、邪神と呼ばれる者が封印されてるってこと？

〈あの、その扉とは奥に見える扉のことでしょうか？〉

この部屋に入ってきたときには見えなかったが、ズメイの後ろに扉があるのが見えたのだ。

〈かーっ！　お主、まだ質問を重ねてくるか！　本当に恐れを知らん猫だな。

……いかにも。我の後ろにある扉に二千年前、この世界を滅ぼしかけた邪神ヴリトラが封印されている。お主がこの扉を開けに来たというなら、我はお主と戦わねばならん。もちろん、容赦はせんぞ〉

最後の一言を発するときにズメイの目が鋭く細められ、殺気が部屋に充満した。そのプレッシャーから、身動きができない。全身に鳥肌が立ち、冷や汗が流れる。

〈こ、ここにそんな扉があることも知らずに来たので……じゃ、邪神の封印を解こうという気なんてこれっぽっちもありません。ちなみにズメイさん、その邪神ヴリトラというのは……〉

必死に絞り出した声に満足そうに頷《うなず》くズメイ。途端に殺気が霧散する。

〈そうかそうか、それならよかった！　我のことはズメイで構わんぞ。それとヴリトラのことか。ヤツは大雑把《おおざっぱ》に言えば大きな蛇の姿をした邪神だな〉

ＳＳＳランクの神の使いを呼び捨てとか怖すぎる。怖すぎるけど、言うことを聞かないで不機嫌になられるのはもっと怖いかも……

〈その邪神ヴリトラとはズメイ……より強いので？〉

『さん』をつけようとしたら睨まれた……

〈そりゃそうだろう。仮にも神の名がついているからな。我如《ごと》きでは相手にならん〉

ズメイより強いって……一生封印されていてほしい。

〈それより次は我の質問に答えてもらうぞ！　まずはこの地下迷宮《ダンジョン》周辺の様子からだ！〉

ズメイより遙かに上の存在がいると知り、ショックを受けている僕とは対照的に、ズメイはドラゴンなのに嬉《うれ》しそうな表情を浮かべ、矢継ぎ早に質問を繰り出しきた。

それから軽く二時間以上は質問攻めにあった僕は、いい加減うんざりしてきたところでようやく解放された。

〈ふふふ。二千年ぶりに楽しかったぞ！　我を楽しませてくれた礼にこれをやろう。持っていくがよい〉

久しぶりの会話に満足したズメイは、僕の目の前に白い水晶玉のようなものを置いた。

〈あの、これは？〉

〈うむ。これはな、この地下迷宮《ダンジョン》でしか使えんが、ここ五十階層と一階層の隠し部屋を繫《つな》ぐ魔法《マジック》道具《アイテム》なのだよ！　ここで使えば瞬時に一階層に戻ることができ、一階層の隠し部屋で使えば五十階層に直行できる代物よ！　すごいだろう！〉

えっ!?　そんなすごいものを貰《もら》っちゃっていいの？　この地下迷宮《ダンジョン》限定だけど、空間転移できちゃうってことだよね？

こんな高価そうなものを貰うわけにはいかないと返そうとしたんだけど、満面の笑みを浮かべているズメイを見たら、返すに返せなくて結局受け取ってしまった。しかし、ドラゴンの癖に何で表情豊かなんだ。

〈今日は二千年ぶりに楽しかった！　それを使って必ずまた会いに来るのだぞ！〉

ああ、随分気前よくくれると思ったらそういうわけでしたか……。これは完全にロックオンされてしまいましたね。

邪神が封印されている部屋になんか来たくはないけど、ずっと独りぼっちでいたズメイのことを考えたら、また来てあげてもいいか。何だかんだ言って、僕も久しぶりに会話ができて嬉しかったし。こういうのは持ちつ持たれつだよね。あ、ちなみにズメイに何を食べてるのか聞いてみたら、やっぱり地下迷宮《ダンジョン》内の魔素を吸収してるんだって。地上の魔物とは作りが違うみたいだね。

僕はズメイから白い水晶玉を受け取り、お別れの挨拶をした後、水晶玉に魔力を込めた。すると、目の前が一瞬真っ暗になったかと思うと、次の瞬間には薄茶色の壁に囲まれた小さな部屋にいた。どうやらここが一階層の隠し部屋のようだ。ズメイに教えてもらった通りに、白い水晶玉をかざすと壁の一部が消え、通路へと出た。

（なるほど、この水晶玉を持っていないと見つけられないってわけか）

空間転移という貴重な体験をした僕は、いったん王都のぼろ屋へと戻り進化することにした。

土魔法で作った壁を崩し、部屋へと滑り込む。今回のレベル上げは道中、それほど苦戦はしなかったが、最後にとんでもないものが待ち受けていた。戦闘にはならなかったが、ズメイが発する圧力はその場にいるだけで気力も体力も消耗させられた。その後の質問攻めの方がもっとつらかったけど。ということで、身体が思ったよりも疲れていたようだ。ぼろ屋で一息ついた僕は、眠気をこらえながら進化先を確認する。

□進化先を選んでください
・ミラージュキャット
・サーベルタイガー
・ソードライオン

ほほう。今度はアサシンキャットの進化形とタイガー系かライオン系への進化なのか……どうしようかな。

よし、せっかくだから猫の進化を極めてみよう。アサシンキャットはCランクだから、ミラージュキャットはもっと上のランクのはず。ズメイに比べたら気休め程度の強さかもしれないけど、ゆっくりでもたくさん進化をして強くならないとね。

僕はミラージュキャットを選択する。身体が光りに包まれ……寝てしまいました……

種族：アサシンキャット（変異種）
名前：なし
ランク：C　　レベル：70　進化可
体力：540/540　魔力：522/725
攻撃力：554　防御力：475
魔法攻撃力：714　魔法防御力：710　敏捷：551

スキル：「特殊進化」「言語理解」「詠唱破棄」「暗視」「アイテムボックス Lv24」「鑑定 Lv24」

「ステータス隠蔽 LV17」「思考加速 Lv25」「生命探知 Lv25」「魔力探知 Lv25」

「敵意察知 Lv23」「危機察知 Lv21」「気配遮断 Lv17」「魔力遮断 LV17」

「体力自動回復 Lv22」「魔力自動回復 Lv25」「光魔法 Lv23」「水魔法 Lv27」

「風魔法 Lv17」「土魔法 Lv17」「雷魔法 Lv19」「時空魔法 Lv12」「重力魔法 Lv12」

「猛毒生成 Lv21」「麻痺毒生成 Lv17」「睡眠毒生成 Lv17」「混乱毒生成 LV17」

「痛覚耐性 LV18」「猛毒耐性 Lv21」「麻痺耐性 Lv17」「睡眠耐性 Lv17」

「混乱耐性 Lv17」「幻惑耐性 Lv16」「水耐性 Lv16」「風耐性 Lv16」「土耐性 Lv16」

「雷耐性 Lv16」「瘴気《しょうき》 Lv16」「硬化 Lv16」「雷纏 Lv18」

称　号：「転生者」「スキルコレクター」「進化者」「大物食い《ジャイアントキリング》」「暗殺者」「同族殺し」

種族：ミラージュキャット（変異種）
名前：なし
ランク：A　　レベル：1
体力：604/604　魔力：705/705
攻撃力：454　防御力：434
魔法攻撃力：736　魔法防御力：726　敏捷：655

スキル：「特殊進化」「言語理解」「詠唱破棄」「暗視」「念話」New!「アイテムボックス Lv25」

「鑑定 Lv25」「ステータス隠蔽 Lv18」「思考加速 Lv26」「生命探知 Lv26」

「魔力探知 Lv26」「敵意察知 Lv24」「危機察知 Lv22」「気配遮断 Lv18」

「魔力遮断 Lv18」「体力自動回復 Lv23」「魔力自動回復 Lv26」「幻惑 Lv20」New!

「魔眼（麻痺）Lv17」New!「光魔法 Lv24」「水魔法 Lv28」「風魔法 Lv18」

「土魔法 Lv18」「雷魔法 Lv20」「時空魔法 Lv13」「重力魔法 Lv13」

「猛毒生成 Lv22」「麻痺毒生成 Lv18」「睡眠毒生成 Lv18」「混乱毒生成 Lv18」

「痛覚耐性 Lv19」「猛毒耐性 Lv22」「麻痺耐性 Lv18」「睡眠耐性 Lv18」

「混乱耐性 Lv18」「幻惑耐性 Lv17」「水耐性 Lv17」「風耐性 Lv17」「土耐性 Lv17」

「雷耐性 Lv17」「瘴気 Lv17」「硬化 Lv17」「雷纏 Lv19」

称　号：「転生者」「スキルコレクター」「進化者」「大物食い《ジャイアントキリング》」「暗殺者」「同族殺し」

第12話　名前がつきました

おお！　ズメイのステータスを見た後だと見劣りするけど、レベル1ですでにAランクの魔物を超えている。それに新しいスキルが三つも増えている！　どんな効果かしっかり確認しておこう。

えーと、念話はズメイも使っていたからわかる。これで僕もようやく他の人達と意思の疎通ができるようになった！　ただ、姿は猫だから人と会話するのは難しいかもしれないけど……まあ、どこかでそんな機会があるかもしれないし、持っていて損はないスキルだよね！

次は幻惑だね。これは……ほうほう、これは幻を作り出して相手を惑わすスキルなのか。自分の姿を変えて見せる効果もあるみたいだ。

それから……魔眼か……。そういえば石化の魔眼を持ってる魔物がいたな。

何だか見る感じ恐ろしいスキルっぽいんだけど……目が合った者を麻痺《まひ》状態にする……か。やっぱり恐ろしい。もちろん、レベルやランク、耐性によって効かない敵もいるのだろうけど、僕のレベルが上がるにつれ凶悪なスキルになりそう。僕が持っているのは麻痺だけど、他にもたくさんあるんだろうな。

さて、しばらく顔を出していなかったからお得意さんが心配しているかもしれない。食材を配りに行こうかな。せっかくだから、幻惑のスキルを使って前の黒猫の姿で行こうか。なにせ、ミラージュキャットの見た目は銀色というか何というか。鏡のように周りの景色を映しているかと思うと、蜃気楼《しんきろう》のようにゆらゆら揺れて姿がわかりづらくなったりする。それだとお得意さんが困るので、今は黒猫の姿で行こう。

地下迷宮《ダンジョン》には一ヶ月ほど籠もっていたから、姿を見せたらみんな驚いていた。どうやら、僕が死んだか、別の場所に行ってしまったと思ってたみたい。オーク亭ではオッチョさんに抱きつかれそうになったので、思わず躱《かわ》してしまった。勢いがついたオッチョさんが硬そうな塀に突っ込んで壊していた。オッチョさん何者？

果物屋のおばちゃんにリーンゴを渡したときは、渡した以上のリーンゴを剝《む》いてくれたから、帰り際にさらにリーンゴを籠に追加しておいた。

養護院では誘拐事件以来、警護のために人が派遣されていたらしく今まで以上に人がたくさんいたけど、幻惑のスキルのおかげで難なく侵入と食べ物の寄付に成功した。寄付を見つけた子ども達がすぐさま猫の銅像に拝みに行っていたのはどうかと思うけど……

◇　◇　◇

それからまた、街の外でちょこちょこレベル上げをしながら、ズメイとの出会いで受けたショックを癒やすために王都の街で気ままな猫生活を続けていたある日、突然それは訪れた。

【あなたと魔力の波長が合う者が召喚魔法を唱えました。召喚に応じますか？　はい・いいえ】

僕が民家の間にある塀の上を歩いていると、唐突に目の前にウインドウのようなものが現れた。書いてある内容は召喚に応じるかどうかだって？　文字の横には数字も映し出されており、２００から1ずつ順に減っているようだ。つまり、これが0になる前に決めなきゃならないってことか？

（???　何だこれ？）

とりあえず鑑定してみるが、わかったのはせいぜい承諾した中で一番ランクが高い魔物が選ばれるということくらいだった。ただ、意識すると召喚した側の情報がうっすらと頭の中に入ってきた。

魔法陣の中で祈りを捧《ささ》げる少女。水色の髪が肩口まで伸びていて、白くて細い指を胸の前で絡ませ膝をつきながら祈っている。服装を見るかぎり、制服のように見える。でも王都のどの学校にもない制服だな。

周囲の様子はぼやけていて見えない。改めて少女に注目してみると、口元がかすかに動いており、召喚の呪文を唱えているのがわかる。眉間に皺《しわ》が寄り、額には汗がびっしり浮かんでいる。相当、魔力を消費しているのだろう、美しい顔が歪《ゆが》んでいる。

ここまでで残りの数字は50を切っている。さて、どうしたものか。王都の生活は楽しいが若干飽きてきており、正直、次の街へ行こうかと考えていたのも事実だ。もっと広く世界を見てまわって、同郷の異世界人を探したりしてみたい。

(よし、思い切って召喚に応じてみよう！)

決して、祈りを捧げている少女が美少女だったからではない。そう自分に言い聞かせながら、『はい』と念じてみる。

(これで、僕よりランクが高い者がオッケーを出していたら笑えるな)

数字が0になった瞬間に、目の前が真っ暗になった。どうやら僕が彼女の召喚獣に選ばれたようだ。向こうがどんな状況かわからないから、とりあえずステータスの隠蔽は解かないでおこう。そんなことを考えながら、僕は転移の水晶玉を使ったときと同じ何かに吸い込まれるような感覚を味わっていた。

～side　???～

王都があるグルーバル大陸と海を挟んで東側にあるユークレア大陸。西側をミシティア帝国が、東側をアウグネス聖国が治める大陸。さらに、帝国と聖国の間に挟まれるように中立国家の地下王国ゴルゴンティアが存在する。

王国が貴族中心の国家であるならば、帝国は実力主義の国家である。皇帝カリグラ・クリフォードは強い者を好み、帝国が誇る帝国騎士団、帝国魔法団ともに身分は関係なく、実力ある者が上の階級へと上がれる仕組みになっている。もちろん、金も時間もある貴族の方が有利で昇進する可能性が高いのだろうが、時折平民でも強いスキルや高い身体能力を持つ者が生まれることがある。帝国の皇帝はそういった者を重用し、時には身分が低い者すらも召し抱えることもあるのだ。

よって、帝国が治める国や街、果ては村にまで必ず武術学校と魔法学園が設置されており、子どもの頃から有望な者には十分な教育がなされるようになっている。その中でもさらに優秀な者は、帝都に集められ次世代の帝国を担うのだ。

ちなみにではあるが、もう一つの大国である聖国は『聖教』を国教とし、創造神アスタルティーナを唯一神として信仰している国である。教皇をトップとし、貧富の差のない国を実現したと言われている。

そして今、帝都ミシティアから南に馬車で十日ほどの距離にあるレインボウという街の魔法学園で、一人の生徒が召喚魔法に挑戦していた。

「なあ、カルスト。オーロラのヤツがどんな魔物を召喚するか賭けようぜ！」

「おう、いいぜ！　オーロラはこのクラスでたった一人召喚獣を持っていない落ちこぼれだからな。召喚できたとしても、せいぜいホーンラビットってとこじゃねぇか？　んで、ドルイドは何だと思う？」

「あー、オレもホーンラビットに賭けようと思ったんだけどなぁ……同じじゃ面白くないからな、オレはスライムに賭けるよ！」

そんな軽口を叩《たた》くクラスメイトに見つめられながら、巨大な魔法陣の真ん中で祈りを捧げる少女。

彼女の名はオーロラ。今年、このレインボウ魔法学園に入学した召喚士の卵だ。

ライトブルーの髪は肩の辺りで切り揃《きそろ》えられ、同じくライトブルーの瞳は今は閉じられている。同年代の子に比べても小柄な彼女は、色白で華奢《きゃしゃ》な身体《からだ》と相まってクラスメイト達から少々下に見られている。

召喚魔法のスキルを持っていたため魔法学園に入学することはできたが、実技試験で合格ギリギリの点数だったことが関係しているようだ。実力主義の帝国領では、弱い者は虐げられる傾向にあるのだ。

先ほどのクラスメイトの言葉にあるように、彼女以外の四人の同級生は入学して間もなく、召喚魔法に成功していた。さらには全員が二匹目の召喚にも成功している。

彼らが召喚した魔物は最低でもEランクの魔物で、先ほど賭けを持ちかけたドルイドにいたっては初召喚にしてDランクのポイズンスネークを二匹目ではD＋ランクのファングウルフを召喚した、学園きっての期待の新入生なのだ。

（お願い！　最低でもEランク、できればDランクの魔物が来てください！）

オーロラは召喚魔法により、魔力がどんどん消費される中、額に汗を浮かべながら必死に祈っていた。

長い呪文を唱え、この世界のどこかにいる魔力の波長が合う魔物を空間を越えて呼び出す召喚魔法。この魔法を行使するにはそれ相応の魔力が必要だ。

しかし、入学試験ギリギリ合格のオーロラに召喚魔法に耐えうるだけの魔力はなかった。そのため、他のみんなが召喚魔法に挑戦し、召喚された魔物を鍛えている間、オーロラだけは魔力を増やす特訓をしていたのだ。

彼女がこのクラスの担当教官に召喚魔法を使うことが許されたのは、みんなに遅れること二ヶ月。ようやく待ちに待った召喚の儀式までたどり着いた。みんなより遅れた分、強い魔物を召喚したい。彼女の顔にはそんな表情がありありと浮かんでいた。

「お、成功したみたいだぞ」

ドルイドの言葉通り、オーロラの足元に描かれている魔法陣の光が青から白へと変わっていく。これは、召喚魔法に魔物が応じたという証《あかし》だ。応じたと言っても、低ランクの知恵なき魔物であれば、強制的に召喚されるのだが。

逆に高ランクの知恵のある魔物は、召喚に応じるかどうかは魔物側が選択できる。魔物の方からは召喚者の姿や、ある程度の能力が見られるらしく、それ故に高ランクの魔物が低レベルの召喚者に応じることはほとんどない。

かつて、レベルが50を超え、召喚魔法スキルをLv21まで上げた伝説の召喚士がAランクのレッドドラゴンの召喚に成功したという記録があるらしいが、現存する召喚獣の最高ランクは、帝国魔術団召喚部隊の隊長が使役するB+ランクのブラッドワイバーンだと言われている。

段々と白い光が強くなり、最後には目も開けていられないほどに光り輝いた魔法陣は、次の瞬間には光を失っていた。

そして、オーロラの目の前に召喚されていた魔物は……

「にゃ〜？」

一匹のかわいらしい猫だった。

「ぶわっはっはっは――――！　おい、どう見たってただの猫だろあれは！」

「ちょっと、やめなさいよドルイド！　笑ったら失礼よ……うふふ」

「お前だって笑ってるじゃねえかよ！　イザベラ！」

「だって、猫なのよ、猫。魔物ですらないじゃない！　ねえ、カレンあなたもおかしいでしょ？」

「いや、私は別に……あの猫かわいいし……」

四人の笑い声が訓練場に響き渡る。いや、一人は笑わずにかわいいと言っているようだが。

オーロラは明らかにランクが低そうな魔物（魔物かどうかすらも怪しいが）にがっかりするかと思ったが、意外にも目の前にちょこんと座る黒猫を見たときから不思議と嬉《うれ》しさが込み上げていた。

（わたしが初めて召喚に成功した猫ちゃんだもん。強くなくたっていいじゃない！）

召喚できるかどうかもわからなかったのだから、召喚に成功しただけで十分じゃないか。それに、強さはともかく見た目はすごくかわいらしい猫だから、きっと一緒に生活したら癒やされるに違いない。

「わたしの名前はオーロラ。わたしの召喚に応じてくれてありがとう！　これからよろしくね！」

黒猫に自己紹介したオーロラは、小さな身体を抱き上げてギュッと抱きしめた。

「オーロラさん、初めての召喚獣おめでとう！　早速だけどその召喚獣を鑑定するからこっちに来てくれないかしら」

そう告げるのは、レインボウ魔法学園召喚士クラス担当のエリザベート先生だ。肩ほどまで伸ばされた紫の髪に、緑の瞳が優しく輝くかわいらしい女性で、歳《とし》も二十代前半と若い。

しかし、召喚士としての実力は確かで、かわいらしい外見に似合わず、Cランクのブラッドベアーを召喚した強者だ。さらにDランクの蜂型の魔物アーミーワスプも従えており、蜂蜜を探させたら……ではなく、その戦闘力には目を見張るものがある。

オーロラが黒猫を抱いて先生のもとに向かうと、エリザベート先生は黒猫に向かって透明な水晶玉をかざした。

この水晶玉は鑑定Ｌｖ９が付与されている最高級の一品で、国から貸し出されているものである。

その鑑定の水晶玉に映ったのは……

種族　キャットー
名前　なし
ランク　F
レベル　1
体力　50／50
魔力　20／20
攻撃力　40
防御力　35

魔法攻撃力　20
魔法防御力　20
敏捷《びんしょう》　40

スキル
暗視

「……召喚魔法で動物が召喚されたのを初めて見ました」

エリザベート先生の言葉にクラスメイト達は一斉に笑い出した。

「ほんとにただの猫とは、驚きを通り越してかわいそうだぜ！」

真っ先に反応したのはドルイドだ。

「ねえ、動物って召喚獣って呼んでいいの？」

そんな質問をカルストに投げかけたイザベラも、口元を手で覆い隠して笑いをこらえている。

「いや無理だろ。これから魔物を倒したりするんだろ？　ただの猫じゃ召喚獣としてやってけないだろうよ」

イザベラの質問にニヤニヤしながら答えるカルスト。わざとオーロラに聞こえるように大きな声を出している。

「私も抱いてみたい……」

カレンだけはその輪に交ざらずマイペースのようだ。

「はいはい、これからのことは先生方で考えますので、あなた達は授業に戻りますよ」

結局、エリザベート先生が騒ぎを収め教室へとみんなを連れていった。教室には生徒達の召喚獣が待っていて、オーロラが抱く黒猫をチラッと見たが、特に気にするような素振りは見せなかった。

クラスメイトに散々貶《けな》されたオーロラだったが、それを気にせず嬉しそうに黒猫を抱きながら席へと着く。

この日の授業は帝国の歴史についてだったが、オーロラの頭の中は黒猫の名前を考えるのでいっぱいなのであった。

◇ ◇ ◇

目の前が真っ暗になり、何かに吸い込まれるような感覚を味わったその次の瞬間には、僕は室内にしては広い建物の中で、水色の髪の美少女の前に座っていた。

「にゃ〜？」

どうやら召喚魔法は成功だったようだが、肝心の召喚主が何もしゃべらずただこっちをジッと見てくるだけなので、僕の方から声を出してみた。

すると召喚主の女の子が反応する前に、周りから笑い声が聞こえてきた。召喚前は気がつかなかったが、どうやら数名の子ども達と一人の女性もいたようだ。召喚前は周囲の状況はもやがかかったみたいに見えなかったから仕方ないよね。

彼らの話を聞くに僕はただの猫だと思われていて、召喚獣として認められるのかといった内容だと理解した。

(まずい、隠蔽の仕方を間違えたかな？　召喚したのが猫だとわかったら、この子がバカにされちゃうかも!?)

僕がステータスを再調整しようかどうか迷っていると、目の前の少女が自己紹介してくれた。その表情からはがっかりした様子は見られないが……

どうやら、彼女の名前はオーロラと言うらしい。名前だけ聞くとミラージュキャットの僕との相性はよさそうだな。

オーロラはそのまま僕を抱き上げると、ギュッと抱きしめてくれた。よかった、周りのやじ馬達とは違ってこの子には歓迎されているようだ。ただ、向こうからしたらただの猫なんだろうけど、転生者の僕には彼女が美少女すぎて少々刺激が強すぎる。頭が真っ白になってしまった隙に、いかにも怪しげな水晶を向けられた。

(何だあれ!?　鑑定！)

アイテム名　鑑定の水晶
付与効果　鑑定　Ｌｖ９

危ない危ない、どうやら鑑定アイテムだったようだ。質が悪かったおかげで、隠蔽がバレることはなかったが、今度からは油断せずに魔法道具《マジックアイテム》にも気をつけなければ。

それから僕はオーロラに抱き抱えられたまま教室へと戻り、オーロラからの熱い視線を感じながら先生が話す帝国の歴史に耳を傾けていた。


自分で承諾しておいてこんなこと言うのも何だけど、突然の召喚に少々興奮して我を忘れていた自分がいる。オーロラの机の隅に座りながら、帝国の歴史についての話を聞いているうちに段々と冷静になってくると、先ほどまでの行動が恥ずかしくなってきた。美少女に抱かれて教室にｉｎとは……とはいってもいつまでも動揺してばかりはいられないので、改めて自分の置かれた状況を確認してみることにする。

まずは授業中だというのに僕を見つめながらぶつぶつと呟《つぶや》いているのは、僕を召喚した少女オーロラだ。そして、教室の前で授業をしているのがエリザベートと呼ばれていた。おそらくこのクラスの担当教師なのだろう。彼女の授業から、ここが帝国領だということはわかった。

それから、ざっと周りを見回すとオーロラも含めて、五人の生徒が横一列に並んでいる。これが召喚クラスの生徒全員なのだろう。

真ん中に座っているのは、茶色の短髪に自信に満ちあふれた目。僕が召喚されたときに真っ先に猫だと笑った人物。確か名前はドルイドと言ったはず。腕に絡みついているのはＤランクの魔物ポイズンスネークだ。彼の召喚獣なのだろう。

その右隣に座っているのはカルストと呼ばれていた金髪のロン毛で細目の少年。彼が座る椅子の横に行儀よく座っているのは、彼の召喚獣であるキラードッグであろう。

ドルイドの左隣は女の子でイザベラと呼ばれていたはず。椅子の下で丸くなって寝ているのは、鑑定でツインテイルフォックスとなっていた。名前の通りなら、尾が二本あるキツネの魔物だろうか。

そして、オーロラから一番遠い右端に座っているのは、唯一僕をバカにしなかった人物。カレンと呼ばれていた少女だ。まあ、バカにしなかったと言うよりかわいいものに目がないと言った方がいいのかもしれないが。彼女の周りをマイラの村で見かけた幻惑蝶《ちょう》が飛んでおり、さらに右肩にはウインドバードと呼ばれる風属性を持つ小鳥がとまっている。

彼らの会話から全員が召喚士でしかも召喚獣を二匹使役しているらしく、この教室にいない召喚獣は学園内にある専用の獣舎に預けられているようだ。

さて、見た感じでわかるのはこのくらいなので、後はこれからの生活で追々調べていこう。

それから、教室の前で授業をしているエリザベート先生の話だが、これはこれでなかなか興味深い。先ほどまでは帝国誕生の話をしていたが、今は帝国の方針的な話に変わっている。それによると、帝国は皇帝カリグラ・クリフォードが治める国で主に軍事力増強に力を入れているそうだ。もちろん皇帝一家を始め、貴族が国の重役を担っていることが多いようだが、それでも実力があれば平民だろうが、場合によっては奴隷であろうが重役に抜擢《ばってき》されることもあるらしい。

特に帝国が誇る帝国騎士団や帝国魔術団の部隊長には、平民出身の者が少なからずいるという。かく言う皇帝も第一皇子が継げるわけではなく、子ども達の中から一番優秀な者が次の皇帝になるそうだ。それこそ男も女も関係なく。

現在の皇帝には三人の皇子と二人の皇女がいる。この五人が次期皇帝を目指して、互いに競い合っているという話だ。この辺りが王位継承権に順番がある王国とは違うところだ。

そして授業の終わりにエリザベート先生は、ここで優秀な成績を収めて帝国魔術団に入れるように頑張りましょうと言って締めた。久しぶりに学校で授業を受けたが、どうしてなかなか面白い内容だった。転生する前はそれほど社会の授業が好きなわけではなかったが、自分が将来関わることがあるかもしれないと思うと興味深く話を聞くことができた。

「よし！　君の名前は『ミスト』に決めた！」

授業が終わり、エリザベート先生が教室から出ていった後、突然オーロラが僕を抱き上げてそんなことを言い出した。というかこの子、先生の話をちっとも聞いてないと思ったらずっと僕の名前を考えていたのか。授業を聞いてないのはどうかと思うが、それとは別にこれはこれで嬉しいような……

そして、『ミスト』という名前。僕の種族がミラージュキャットとは知らないはずだが、狙ったようにしっくりとくる名前をつけてくれた。オーロラにミラージュにミスト。おまけに街の名前はレインボウ。幻想的な自然現象シリーズといったところかな。

おや？　称号に新しい……うわ!?　何だ!?

僕がステータスを確認していると、突然僕の頭の中に機械的な声が響いてきた。

『条件を満たしましたので、加護を与えることができるようになりました』

突然の声に驚いたけど、これは今まさに見つけた新しい称号と関係あるのでは？　ミラージュキャットに進化した瞬間ではなく、今手に入ったということは、名前が関係あるのか？　一定のランクと名前が条件ということかもしれないな。

加護主を鑑定してみると『波長の合う者に加護を与えることができる。効果は加護主のランク・称号・スキルに依存する』と出ている。なるほど、波長の合う者という条件はつくが加護を与える立場になれたということか。僕もまあ、随分と成長したものだ。

なんてほのぼのしている場合ではない。せっかく加護を与えることができるようになったのだから、ぜひオーロラに加護をあげたい。僕のことをただの猫だと思っているのに嫌な顔一つせずに受け入れてくれた、心優しい召喚士。そんな彼女に早速恩返しができるチャンスが来たのだから、活用させてもらおう。ただし、隠蔽する必要はありそうだけどね。

名前をつけたことで満足げな表情を浮かべるオーロラを見つめ、『加護を与えたい』と願った……すると。

種族　人族
名前　オーロラ
ランク　なし
レベル　5
体力　22／22
魔力　2／25
攻撃力　15
防御力　18
魔法攻撃力　21
魔法防御力　26
敏捷　14

スキル
召喚魔法　Lv5

（称号）（ミストの加護）

よしよし、隠蔽も含めて上手《うま》くいったようだ。ちなみに〝ミストの加護〟を鑑定してみると『スキルレベルが上がりやすくなる・体力の回復速度が上昇する・魔力の回復速度が上昇する』ってなってた……。いや、これ隠蔽してもすぐにバレるやつじゃないの？

とは思ったが、彼女のためになるなら与えておいた方がいいだろう。ステータスでは見えないのだから、おかしいとは思っても僕のせいだとはバレないかもしれないしね。

僕が加護を与え終わったところで、オーロラはようやく帰り支度を始めた。どうやら先ほどの授業が今日の最後の授業だったようで。他の四人はとっくに帰る支度を終えている。

一人遅れているオーロラを待っている者は誰もいないが、帰りがけにリーダー格のドルイドが声をかけているあたりを見ると、それほど仲が悪いわけではないのかもしれない。

僕が召喚されたときはちょっとバカにされたような言動が目立っていたから、いじめられているのかとも心配したがそうではなさそうだとわかってちょっとホッとした。

ただ、レベルや召喚魔法のスキルが低いので一緒に行動する機会が少ないのだろう。オーロラの方からもちょっと距離を置いている感じもするし。

だがしかし、僕が来たからには大丈夫。僕が与えた加護がスキルレベルを上げやすくしているし、レベルだって僕が本気を出せばすぐに上がるだろう。もちろん、バカみたいに本気を出すつもりはないが、僕の実力がバレない程度には協力してあげたい。

一足遅れて教室から出た僕達は、おそらく他のクラスであろう生徒達に交ざって校舎を出た。真っ黒な猫が珍しいのか、すれ違う人みんなに見られたが話しかけてくる人はいなかった。

あー、真っ黒というか魔物ではない動物の猫がいるのが珍しいのかも……幻惑の効果で本当にただの黒猫にしか見えないようにしているからね。スキルレベルも高いから、魔物特有の気配も隠せているし余計にただの猫に見えるんだろうな。

僕はオーロラに抱かれながら、これからどうしようかと考える。とりあえず、強くなって生き残るという目標は達成されつつある。スキルもたくさん集めた。他の転生者には会えていないけど、ここでオーロラの召喚獣として生活できれば何らかの情報を手に入れることができるかもしれない。

そして何より僕はオーロラのことが気に入ってしまった。人間だった頃の生活が恋しくなってきていたのも事実だし、次の種族に進化するには遠回りかもしれないけど、僕はオーロラと一緒に久しぶりの人間世界で生活を送ろうと心に決めたのだった。

苔《こけ》から始《はじ》まる異《い》世《せ》界《かい》ライフ 1

2025年1月25日　初版発行

著者　ももぱぱ
発行者　山下直久
発行　株式会社KADOKAWA
〒102-8177　東京都千代田区富士見2-13-3
0570-002-301（ナビダイヤル）
印刷　株式会社広済堂ネクスト
製本　株式会社広済堂ネクスト
ISBN 978-4-04-684138-4 C0093　Printed in JAPAN

担当編集　森谷行海
ブックデザイン　中ノ瀬祐馬
デザインフォーマット　AFTERGLOW
イラスト　むに

本書は、2023 年から 2024 年に「カクヨム」で実施された「MF ブックス 10 周年記念小説コンテスト」で特別賞&審査員賞を受賞した「苔から始まる異世界生活」を加筆修正したものです。

この作品はフィクションです。実在の人物・団体・事件・地名・名称等とは一切関係ありません。